实力派

晓秋 主编

中短篇小说集

左右流之

阿袁◎著

中国言实出版社

图书在版编目（CIP）数据

左右流之 / 阿袁著. -- 北京：中国言实出版社，
2022.9
（实力派 / 晓秋主编）
ISBN 978-7-5171-4171-6

Ⅰ.①左… Ⅱ.①阿… Ⅲ.①中篇小说—小说集—
中国—当代②短篇小说—小说集—中国—当代 Ⅳ.
①I247.7

中国版本图书馆CIP数据核字（2022）第185442号

左右流之

责任编辑：张国旗
责任校对：张馨睿

出版发行：中国言实出版社
　　地　址：北京市朝阳区北苑路180号加利大厦5号楼105室
　　邮　编：100101
　　编辑部：北京市海淀区花园路6号院B座6层
　　邮　编：100088
　　电　话：010-64924853（总编室）　010-64924716（发行部）
　　网　址：www.zgyscbs.cn　　电子邮箱：zgyscbs@263.net

经　　销：新华书店
印　　刷：北京温林源印刷有限公司
版　　次：2023年1月第1版　　2023年1月第1次印刷
规　　格：880毫米×1230毫米　　1/32　　7.375印张
字　　数：150千字

定　　价：68.00元
书　　号：ISBN 978-7-5171-4171-6

目　录
CONTENTS

左右流之

在周荇住进我们八号楼之前，苏小粤的房间是楼里年轻老师们经常聚集的地方。

八号楼是旧楼，在我们学校的西南边上，有着很老式的红砖黑瓦，宽阔的楼梯，斑驳且到处缝隙已经很大的木地板，楼前面还有好几棵栗子树，春天栗子树开花的时候，会有"温柔的粉香"——"温柔的粉香"是苏小粤引用茨威格对栗子花香的形容，苏小粤是外语系的老师，教法语的，但她的文学修养，比我这个中文系老师还高呢。当时我们坐在她房间的窗前，有风吹过，一阵栗子花香若有若无地传了进来——我说若有若无，是因为栗子花香我完全闻不到，就算后来在苏小粤的一再启发下，我似乎也闻到了一点点什么气味，那也不过就是植物特有的草木腥味，谈不上什么"粉香"，还"温柔的粉香"，好像花香也和女人一样，还有"温柔"和"不温柔"之分。这是我的问题，我在所有风花雪月的事情上面，感觉总有些迟钝的。对我来说，花朵里只有栀子花和桂花的气味我能辨认出来，其他都差不多。而苏小粤正相反，她鼻子灵得很，空气里飘过什么花香她都能区分出来，"这是桃花香"，"这是李花香"，"这是樱花香"，我真是佩服得五体投地，桃花李花樱花的气味到底有什么区别呢？不都是一股子草木味吗？但苏小粤就是能十分细腻地将它们区分开来。你应该学植物学，我不无惋惜地对苏小粤说。你不应该学文学，苏小粤亦不无惋惜地对我说。

在苏小粤的惋惜里，有批评的意思，我知道。当她说栗子花是"温柔的粉香"时是看着我的，当时房间里有五六个人呢，但她只看着我说这个。什么意思呢？我不明白，当然其他人也不明白。后来她自己解释说，"温柔的粉香"是茨威格的形容，茨威格在小说里就是这么写栗子花的。她之前也不知道栗子花呢，但茨威格把栗子花写得那么美，所以她在读了那个小说之后，特意寻找了好长时间的栗子花，也没找到。如今中国城市里种的花木一般也就是桃花、樱花、玉兰什么的，栗子树真是很少见了，她差点儿就上奥地利的维也纳去了，去那儿感受一下茨威格小说里写到的栗子花的"温柔的粉香"。苏小粤是有这个探本究源的习惯的，或者说有用实践检验理论的习惯，当她在《追忆似水年华》里读到普鲁斯特将玛德莱娜小蛋糕泡在椴树花茶里的那美妙感觉，她就在某个暑假上巴黎去吃那种小蛋糕了——可惜没有喝到椴树花茶，没有椴树花茶的玛德莱娜蛋糕就不是普鲁斯特的玛德莱娜蛋糕，苏小粤这么对我说。每回她只要说到和文学相关的话题时，她就看着我，指望我这个文学专业的能和她会心一笑，最好也能就这个话题展开一番议论，但我总是让她失望，我自己也颇不好意思。

茨威格我其实是读过的，但我读书总是囫囵吞枣，最多记得个大概，那个男人怎么怎么样，那个女人怎么怎么样，假如苏小粤谈的是这个，我也是能插上几句嘴的，但苏小粤谈栗子花，我就一点办法也没有了。而且，说老实话，我也不喜欢栗子花，毛毛虫一样，丝毫没有花瓣团团簇簇的样子，也没有花的姹紫嫣红的颜色，它白里带绿，绿里带青，垂下来的样子，就像一条条桑毛虫。但苏小粤赞不绝口，说这种花美得不落俗套、美得不落言筌。于是大家也就跟着说栗子花如何如何美了，也跟着夸栗子花如何如何有"温柔的粉香"了，没办法，人云亦云也是一种学院礼节，何况苏小粤在花的审美上绝对是权威，这个是我不得不承认的。

周二晚上我们一般都在苏小粤的房间扎堆。这"我们"，大都是八号楼里的单身男老师，偶尔也有不是单身的男老师参加，比如历史系的李孟起，他结婚了，而且还有了九个月大的儿子，但他喜欢跑到我们这些单身老师房间来凑热闹，以此"缅怀从前的自由时光"。可他的"缅怀"从来不会超过半小时，有时"缅怀"才开始几分钟，走廊上就会传来他老婆尖声尖气的声音，"李孟起，李孟起"，他老婆知道他在苏小粤的房间呢，但她从来不走近，就远远地站在走廊另一头叫。

李孟起的老婆不喜欢苏小粤。

为什么呢？我从来没有得罪过她。苏小粤颦了眉问我。

我觉得她是明知故问。"众女嫉余之蛾眉兮，谣诼谓余以善淫。"——你苏小粤长得这么蛾眉，别的女人能不嫉你谣诼你？

可这不是冤枉我吗？我这么月白风清，哪儿有淫？

这倒是。我们这群人那时候聚集在苏小粤的房间，整个就是一部《谈艺录》呢，我们谈文学，谈音乐，谈绘画，谈电影，可以说，七大艺术像走马灯，被我们轮流谈来谈去谈了个遍。当然，在苏小粤的提议下，每次都会有个主题的，比如某个夜晚我们应该谈亨利·詹姆斯的《金碗》，某个夜晚我们应该谈杨德昌的《一一》，某个夜晚我们应该谈印象派的莫奈或野兽派的马蒂斯。一般是这一周就定好了下一周的，下一周又定好了下下周的。这是必须的，我们这群人里，有好几个是理工男，如果不事先布置好，那是没法谈的，也没法听，他们怎么可能知道亨利·詹姆斯？怎么可能知道莫奈和马蒂斯？连是谁都不知道，还谈什么谈？听什么听？

但事先布置了就不一样，他们可以提前做功课，理工男都认真，都思维缜密，一旦有所准备，倒也能谈个或听个八九不离十——甚至偶尔还会有"他山之石可以攻玉"的别开生面的艺术见解。

我不知道这些理工男老师为什么如此热衷来苏小粤的房间谈艺术听艺术，或许是醉翁之意不在酒，毕竟苏小粤是我们八号楼长得最好看的女老师，又小姑所居，独处无郎，所以他们过来谈谈或听听艺术，说不定就在这谈和听的过程中，成为苏小粤的"郎"了呢。虽然有些男老师论条件，要做苏小粤的"郎"尚有距离，但男女的事谁说得定？尤其是苏小粤这种喜欢谈文艺的女老师，会不会有可能不在意那所谓的世俗距离？——他们或许是怀了这隐秘想法来的。

当然，他们也可能是另外的情况，像我一样，之所以喜欢往苏小粤的房间跑，不是要打苏小粤的主意，而是因为无聊，虽然谈艺术听艺术也无聊得很，但比起一个人的无聊，还是大家在一起的无聊更好打发些。

而且在苏小粤的房间里，我们能在不是学习的时间里学习到一些东西，这让我们窃喜。我们这些人，多少都是有学习癖的人，喜欢在任何事情上学习新的知识，就如家庭妇女什么时候都喜欢占小便宜一样。而苏小粤这儿，最不缺的就是知识，特别是文艺知识，这方面她是有家产继承的——她父亲是我们城市晚报的前文学编辑，母亲是我们城市晚报的前美术编辑，作为一个文学家和美术家的后裔，苏小粤自然继承了不少非物质文化遗产，所以她一谈起文艺问题，都是如数家珍的。比如她谈莫奈，就和我们谈的不一样，我们只敢浮光掠影浅尝辄止地谈几句莫奈的《睡莲》，而苏小粤就要谈莫奈的池塘，就要谈莫奈池塘上的那座日本桥，就要谈莫奈的《草地上的午餐》。那个坐在中间的女人叫卡米尔，是莫奈的女人，苏小粤说。这时候我们除了膜拜还能做什么？虽然我是怀着有些复杂的心情膜拜的，毕竟让一个女人拜倒在另一个女人的石榴裙下，不符合物理学上"同性相斥"的原理。即便我是一个相当大度的同性，相当大度到什么程度呢？按我以前同门师弟的比喻，是"委委佗佗，如山如河"。但他们不知道，在我"委委佗佗"的精神和身体最深最深处，也是杨柳一样纤细的女性，和苏小粤还是"相斥"的关系，只不过我"斥"的方式与程度和李孟起老婆不一样而已。

但不管如何，我们都觉得在苏小粤房间度过的时光是有意义的时光。我们喜欢在人前人后有意无意地提到我们周二晚上的这种聚会。我们在路边看到某种花草，也会这么说："这是不是我们在苏小粤房间争论不休的植物？"我们打了个哈欠，也会这么说："困死了，昨天晚上在苏小粤房间谈某某某的小说谈到半夜呢。"那个某某某，都是莫奈和马蒂斯之类的遥远的人物，但我们提起他们时偏偏用很随便的语气，仿佛在说我们身边的某个同事，在说我们的日常生活。是的，那时我们就是用谈日常生活的方式谈艺术的，好像艺术就是我们的日常生活。这让我们感觉不错。有一种很小众很精英的虚荣。

这也是苏小粤乐此不疲地在自己房间组织这种聚会的初衷。她暗示过我们的，她希望我们这个小团体，是"布鲁姆斯伯里"那样的文艺团体，而且是有魏晋风度的东方的"布鲁姆斯伯里"——所谓有魏晋风度的东方的"布鲁姆斯伯里",也就是我们只清谈文艺,不谈其他,更不做其他。

所以,那时在苏小粤的房间,我们虽然一大群男男女女"厮混"在一起——"厮混"是李孟起老婆骂李孟起时用的词语,"你一个结了婚的男人,总和她们厮混在一起干什么?"她尖声尖气的声音,像绣花针一样把我们这些大龄单身女人戳得生痛,但我们自己知道,我们这群男男女女,那时真是很清白的,和"淫"完全不沾边。

所以苏小粤说"我这么月白风清,哪儿有淫?"倒是一句大实话。

但这是在周荇住进八号楼之前。

是从什么时候开始的呢?那些单身男老师们一个个像候鸟一样,纷纷从苏小粤的房间迁徙到周荇的房间。

最先过去的,是化学系的何茂盛。

何茂盛是我们八号楼的元老,可能比李孟起还老——说可能,是因为我们谁也不知道何茂盛的年龄,他自己对此也讳莫如深。他虽然还没结婚,头发却已经是花白的——在大多数时间里花白,上半截白下半截黑灰,像楼道里哲学系孟老师家的杂种猫,有一种潦倒落拓之气。那时候的何茂盛远远看上去,就像个老头了,但在某一天,又会突然变年轻了,鸦鬓粉腮地坐在苏小粤的书架后面。那是他的固定位置。

他能不能用好一点的染发膏?苏小粤颦了眉问我。

我也看不惯何茂盛染过后的头发，有一种过犹不及，太黑了，没有一点光泽，是鞋油刷在皮鞋上还没有抛光前的效果。

苏小粤是有点嫌弃何茂盛的，一种看不太出来的有修养的嫌弃，我还以为何茂盛不知道呢，因为他几乎从不缺席苏小粤房间的周二聚会的，虽然不怎么开腔，多数时候都安静地坐在书架后的阴影里，却总是来得早，走得晚。

没想到，他也是知道的，不然，他不会第一个迁徙到周荇那儿。

他在追求周荇吗？

这也是惯例了。每回八号楼有新的单身女老师住进来，何茂盛总是要试着追求一段时间的。他干劲十足地帮新来的女老师搬东搬西，带新来的女老师去学校各个行政衙门办手续，去附近的农贸市场和超市买房间里的日用品，俨然一副要捷足先登的姿态。楼里其他男老师这时候会十分礼让，差不多以一种"孔融让梨"般的礼仪，不争不抢，只远远地看着何茂盛顶着一头黑漆漆的头发在那儿满头大汗枯木逢春般地忙着，谁叫何茂盛是我们楼里资格最老的单身汉呢？男老师这么说，好像多懂先来后到的规矩似的，其实不然，他们不怀好意地等着看何茂盛的笑话呢。就像冰雪天趴在主教楼前的栏杆上等着看人摔跤一样，因为他们知道过不了多久，只要新来的女老师不那么新了，大概知道了何茂盛在八号楼的地理位置，就要开始躲何茂盛的。女人大都敏感机智，所以这时间不会长，一两个月就够了。

之后新来的女老师就会用上了当的表情，明志似的，远着何茂盛了。心肠软一些的，还会藕断丝连地敷衍他一小段时间；而心狠的，就当机立断了。走廊上碰见，何茂盛刚要张嘴招呼，人家已经面无表情地走过去了，把何茂盛晾在那儿，好半天回不过神。

每回差不多都这样。

但何茂盛却不会吃一堑长一智。

西西弗斯一样重复着这种无果之劳动。

周苓需要多长时间呢？

大家心照不宣地等着，等着何茂盛灰溜溜地回来，讪讪地坐回到书架后面的角落里。

可一个月过去了，两个月过去了，三个月过去了，何茂盛非但没回来，干脆还在周苓的房间里做上窠了。

难不成何茂盛这一回的追求成功了？西西弗斯终于把石块推上了山？

男老师们面面相觑。

这也不是不可能。

周苓长得不怎么样，塌鼻子，细眼，疏淡的眉毛，一口参差不齐的牙齿。后来我们知道她的牙齿为什么会这样了，按苏小粤的理论，是因为饕餮过度。什么东西用多了，自然坏得快，苏小粤说，而且，牙不好的人，一般道德也有问题。这话怎么说呢？牙齿和道德，压根风马牛不相及嘛。但苏小粤的论证，却让牙齿和道德相及了，苏小粤说，纵欲者往往意志不坚强，一个人，既然能放纵口腹之欲，也就能放纵其他感官之欲。所以，牙不好的人，道德也不好；反之，牙好的人，道德也好——苏小粤自己，是有一口好牙的，是"齿如瓠犀"的美人。

这理论虽然有点怪诞，但听起来，也不是没有一点逻辑。

而且，周荇的学历也不怎么样，某所二流大学档案专业毕业的研究生，分到我们学校的档案馆工作。

也就皮肤好，粉红细白的，略微弥补了一些她长相和出处的不足。

你们觉不觉得，她身上有一种家庭妇女的气质？苏小粤说。

这话有些不厚道，但周荇身上，确实散发出一种和我们楼里其他女人不一样的东西。

我们楼里的女人，看起来都有一些共性的，这共性不是说我们都戴眼镜，或者出门时手上都拎个讲义包，虽然我们大多数时候确实都戴了眼镜都拎了讲义包，但不是这种外在的共性，而是一种更隐秘的共性，这隐秘的共性到底是什么呢？不好说，却好认，像狗眼和猫眼一样有着明显的差异，虽然很多人从来没有留意过狗眼和猫眼，有什么区别呢？不都是又大又圆像琥珀一样的眼睛。这是傲慢的人类粗心大意的结果。其实狗眼和猫眼，有着完全不同的精神表达，狗眼——特别是我们学校里那些老师们养的狗，都有一双要和主人天长地久的无比温顺和忠诚的眼睛；而猫眼呢，却是"明知不是伴，事急且相随"的世故和隔阂。这个特点和我们楼里的女人有些相像，我们虽然生活在八号楼里，但我们是心不在焉地生活在这里，有身在曹营心在汉的无奈，总有一天我们都要离开的，八号楼只是我们的人生驿站——驿站而已，所以我们所有的人，都是带着这种过客般的潦草的心情在八号楼住着，仿佛我们真正的生活还没开始，八号楼的生活只是生活的过门，重要的华丽的乐章尚在后面。我们就这样带着对未来生活的期待忍受着八号楼的生活。虽然多年后，想起在八号楼度过的那些时光我内心竟然柔情似水，但当时我一无所知，我只是抱怨嫌弃八号楼，和大家一起。尤其是李孟起的老婆，虽然已经过起了事实上的家庭妇女的生活，又带孩子又做饭的，但这让她对眼前的生活更加深恶痛绝。这种对生活的不满和批判还是知识分子式的，所以看起来就不那么家庭妇女了。

而周荇不一样，她和八号楼有一种水乳交融之意：她穿一件灰底蓝紫色花朵的连衣裙，穿一双马海毛拖鞋（她总是穿拖鞋的，好像整个八号楼都是她的起居室一样），在红砖黑瓦的八号楼前踮起脚晾晒衣裳的样子，简直有"照花前后镜，花面交相映"的效果。

她才来八号楼几个月呢，看上去却比我们这些住了好几年甚至上十年的人更像八号楼的主人。

她小鸟筑巢似的，每天都从外面衔一点东西回来，一个孔雀蓝绿绣花缎子小靠垫，一个金色草编蒲团，一盆开着几朵嫩黄小花的植物——周荇把它放在南面的窗台上，阳光下娇滴滴地开着，我不知道那是什么花，柔弱得让我心软，苏小粤说那是荇，是草本植物，春生秋死的。苏小粤的植物知识真是很丰富的，不过，她也只限于在书本上多识花草虫鱼，真正的花草她是不养的。有那个时间，不如多看几页书，苏小粤说。

我也不养花草的，倒不是为了多看几页书，而是嫌麻烦，我是个懒得连自己都不想养的人，还愿意养其他生物？

我们有一天还看见周荇从集市上买了一大摞白色的碗碟回来，我们就不明白了，她一个人，需要一摞碗碟干什么？那应该是婚姻生活的繁衍物吧，难不成是未雨绸缪？那未免也绸缪得太早了些，我们在一边揶揄着。

八号楼除了那些已婚的年轻夫妇，他们会在走廊里支上煤气灶自己做饭，单身老师一般都是去食堂的。八号楼后隔个篮球场就有教工食堂，虽然食堂的饭菜难以下咽——米饭里不但能吃出沙砾，时不时地给人以"不期然的伤痛"，偶尔还会吃出黑乎乎的老鼠屎——我们怀疑那是老鼠屎，为此我们向学校总务处反映过，但食堂的人说，那是稗籽而已，是我们这些书呆子五谷不分。其实要证伪是很容易的，只要让何茂盛把那黑乎乎的东西拿到实验室做一下成分分析，就真相大白了。但何茂盛不肯，有什么用呢？他说。这倒也是，谁叫承包食堂的人是某校领导的堂姐夫呢！没办法，我们只好当五谷不分的书呆子，继续在教工食堂忍受"不期然的伤痛"和间或出现的"稗籽"。比起柴米油盐样样要自己动手，我们还是情愿在食堂将就着解决我们的胃部问题。我们一边吃着难以下咽的饭菜一边发着牢骚——这"一边……一边……"已经是我们人生的基本范式了：我们一边住在简陋破败水电都没有保障的八号楼，一边抱怨学校不顾年轻老师的死活；我们一边上空荡荡的图书馆查资料，一边抱怨学校不搞藏书建设；我们一边开着例会听着书记念各种文件，一边抱怨学校怎么可以如此浪费年轻讲师和不年轻教授的宝贵光阴。"原来姹紫嫣红开遍，似这般都付与断井颓垣"，有女老师学《游园惊梦》里杜丽娘那样缠绵悱恻地唱道，大家热烈鼓掌，但也就是热烈鼓鼓掌而已，之后我们还是会参加各种会议的。我们也知道自己犬儒，也暗暗鄙视自己，但聊以自慰的是，我们至少还是时不时会作几声訇訇状的犬儒，而不是像周荇那样"温顺地走进那个良宵"的犬儒。

周荇是如此地安居乐业，好像八号楼就是她的家了，她准备在这儿生活一辈子了。乐土乐土，爰得我所。她看上去，差不多就是要安营扎寨的样子。

她的红色单口煤气灶，锃明瓦亮地放在走廊里的桌子上，桌子靠墙边上是一长溜装了各种调料的瓶瓶罐罐：油盐酱醋、花椒桂皮、八角茴香——还有茴香！那专业程度，别说我们这些单身狗，简直比那些结了婚的夫妇还像模像样呢。

她还在楼前的两棵栗子树之间拴上一根黄尼龙绳，用来晾晒衣物和被单，只要有太阳，她总是有东西要晒，整个八号楼里，再也没有比周荇更喜欢洗东西晒东西的女人了。苏小粤那个恼火，就因为周荇这个极家庭妇女式的生活习惯，她再也没法坐在窗前看栗子花了，一推窗，还没看见栗子花，先看见周荇的被单了。

周荇甚至还开始养猫了，一只有着淡黄色和玳瑁色相间条纹的猫，苏小粤说，那是狸花猫，善于抓老鼠。

我们楼道里有老鼠的，特别是灯光昏暗的水房和厕所那儿，会有很肥胖的老鼠出没。女老师们经常被它们吓得尖声惊叫，你想一想，当你正屏声静气地如厕着呢，突然在脚底下蹿出这么个黑乎乎两眼还贼亮贼亮的东西，魂飞魄散不？

周荇的房间离厕所不远，想必是因为这个才养猫的吧。

楼里还有一只猫，那是哲学系老孟养的猫。老孟是教授，本来不住八号楼的，与老婆分居后借了同事的房间住过来，这一住，竟然好几年，且看样子，还要住下去。也不知是他乐不思蜀，还是那个蜀不让他回去了。反正老孟性情孤僻，和楼里谁也不往来，每天抱着猫躲在房间里读他的黑格尔。所以老孟养猫，不是为了抓老鼠，而是为了某种情感慰藉——一种除了"哲学的慰藉"之外的慰藉。想必人类，即使如老孟这样独来独往的人类，也还是有情感需求的吧？猫似乎也很清楚自己的使命，从来不多管闲事去和楼里的老鼠发生干戈扰攘，除了偶尔一脸孤傲地到楼门口的栗子树下走走或坐坐，其他时间就忠于职守地待在房间里慰藉老孟了。

我们本来指望周荇的猫会把八号楼的老鼠捉个干净——不捉的话，至少也要把它们吓到隔壁的六号楼去。那只猫不是善于抓老鼠的狸花猫吗？苏小粤说过的。没想到，那只狸花猫也是"各人自扫门前雪，莫管他家瓦上霜"的学院派，计较得很，除了把周荇的领地看管好，多一点事情也不肯做的。

楼里有两只猫，竟然还让老鼠大行其道，苏小粤和我实在不甘心，有几次甚至让男老师到菜市场买了小鱼放在水房，我们想引诱两只猫，让它们养成到水房觅食的习惯。但两只猫却置若罔闻，依然清心寡欲地待在它们各自的房间里。猫不吃鼠，也不吃鱼，这个世道到底怎么了？

它们甚至也不恋爱，在春天所有的花儿都开了的季节，我们在夜里从来没有听到过这两只猫到屋顶叫春。

我们不知道周荇是怎样训练她的猫的，那只狸花猫几乎足不出户地很安静地趴在那只圆圆的金色蒲团上，眯了眼打盹，一边反反复复地听着邓丽君的《甜蜜蜜》和《何日君再来》。

甜蜜蜜，你笑得甜蜜蜜，好像花儿开在春风里，开在春风里。

邓丽君的歌，水一样在楼道里徜徉。

周荇的门总是不关，只在门腰中间用图钉挂了块花布门帘。所以我们从她门口经过时，只要往里瞥一眼，就能看见她的小半截灰底蓝紫色花裙子，有时是粉紫色花裙子，还有裙下那双白白圆圆的小腿，还有那只趴在蒲团上的慵懒无比的猫。

那情景，会让人有些恍惚。仿佛一下子，我们就进入了岁月的深处。

苏小粤房间里的聚会，是在陈亥走后彻底结束的。

我没想到，陈亥有一天也会迁徙到周荇的房间。

那时苏小粤这边已经有寥落之意了，在何茂盛之后，陆陆续续又过去了几个男老师。

周荇的干豆角烧肉，实在太香了。

周荇的苤蓝炒肉丝，真是绝好的下饭菜。

周荇干煸的小泥鳅，比"一箪食"还好吃呢。

他们纷纷这么对我们说。

有解释的意思。毕竟他们这样，在某种意义上，也算喜新厌旧了，是背叛。

也有安慰的意思。好像他们迁徙到周荇的房间不是冲周荇，而只是冲周荇的菜——周荇，和周荇的菜，这两者自然是不同的。

男人细腻起来，也是可以很细腻的。

这倒也说得通，周荇房间的地理位置，确实有点儿像码头，她就住二楼，楼梯口的斜对面，大家从食堂买了饭菜回来，上上下下时，都要经过她的房间。

而周荇这时候，一般都站在走廊里炒菜。

真香，他们忍不住赞叹。

尝尝？周荇总是很客气地问。

他们于是就不客气把调羹伸进了周荇盛菜的碗盏，或者锅里。

她也不嫌弃。

那调羹刚刚还在他们嘴里吧唧呢，上面不会有口水？不会有细菌？

苏小粤觉得不可思议。

苏小粤有洁癖。别说让男人把调羹伸进她的碗里，就是她房间里的杯盏，都不让人碰的。和妙玉一样。

大家到她房间时，喝水杯子要自备，有时谁忘记了，就要回自己房间取，反正也不远，就在这栋楼里。如果实在懒得动身，那就只能用一次性纸杯了。苏小粤的抽屉里，总是备有那种纸杯的。

当然开始时大家不知道这个。有人大咧咧去动苏小粤的另一个杯子，苏小粤的桌子上，是有两个釉里红瓷杯的，上面画了一种我不认识的很奇怪的植物，叶子不像叶子，花朵不像花朵，团团缠缠地绕在一起。是我家老杜画的，苏小粤说。老杜是苏小粤的母亲，那个前美术编辑。两个杯子一个她自己用，另一个应该是客用吧？但就是这个客用的杯子，那个男老师刚伸手去拿，苏小粤就把纸杯拿了出来，"用这个吧"。

男人不长记性。下一次，又有某个不识趣的人去拿那"另一个杯子"，苏小粤又把纸杯抢先拿了出来，"用这个吧"。

之后就成规矩了。

苏小粤的规矩不止这个，还不能在她的房间里抽烟，如果有哪位实在烟瘾犯了，就只能"出去走走"。

"出去走走"就是到走廊或门口的栗子树下抽支烟，抽完了，还要哈哈气，把嘴里的烟味散一散，再回来。

晚上十一点之前必须离开。不仅男老师，也包括我。有一回我因为心情不好，想在苏小粤的房间多磨蹭一会儿——这是我的坏习惯，我心情不好或心情好的时候，就不想独处，总想和别人说话，即使不说话，也喜欢和人一起干坐着发呆，就算当时和我在一起的那个人并不是我喜欢的人。

但苏小粤逐客了。郦，我们明天再聊好吗？

苏小粤叫我"郦"，我的姓名是马郦，她叫我郦，这是表示亲密了。八号楼里，也就她这么叫我。

这意味着，在她而言，我已经是最亲密的朋友了。

可即使是她最亲密的"郦"，也不能在她的房间超过十一点。

那一次之后，我有相当长的一段时间，不怎么愿意去苏小粤的房间，怎么说呢，有点没意思。

当然之后还是去了，在苏小粤叫过我几次"郦"后。说老实话，除了苏小粤那儿，我也没有什么地方好去的。

不知道陈亥是不是也和其他男老师一样，因为走廊里的"尝尝？"这样开始去周荇房间的。

也或者是因为周荇的猫，陈亥似乎喜欢猫。有一天我经过周荇房间时，周荇的花布门帘被撩了起来。我看见陈亥蹲在那个金色蒲团前在逗猫玩呢，何茂盛和他一起，而周荇，托了腮坐在桌边，温柔地看着他们，阳光从窗外照进来，场面美得像一幅静物画。

我不由自主地站住了。而苏小粤竟自上楼了——当时苏小粤也在。

自从陈亥去了周荇的房间，苏小粤就再也不看陈亥一眼了。

也再不和我提陈亥。就好像没有了这个人。

陈亥伤了苏小粤。

也是，别人去周荇那儿也就去了，苏小粤不介意，可陈亥是不能去的，他不知道？

我一直以为陈亥和苏小粤会"终成眷属"的——我是说总有一天他们要"终成眷属"的，没有什么特别的根据，就因为他们两个人，不做眷属实在说不过去，他们一个是八号楼最好看的女人，一个是八号楼最好看的男人，不说家世背景或性情志趣，两人连脖子长得都是一样的，都是又瘦长又挺直，像莲梗——他们站在一起或坐在一起的样子，就是并蒂莲的样子。

苏小粤肯定也这么以为，所以就十分淡定地等着陈亥。

窈窕淑女，君子好逑。

苏小粤在等着陈亥"逑"呢。

偶尔楼里有某位女老师对陈亥稍主动些，苏小粤就会冷笑着对我说："癞蛤蟆想吃天鹅肉。"

因为这个，我对陈亥总自觉保持距离的，我怕苏小粤也说我是癞蛤蟆。

我不知道陈亥有没有向苏小粤"述"过，或许没有，不然苏小粤也不至于后来连拈酸吃醋的名分都没有。

一开始，楼里传说的，是何茂盛终于把周荇搞上了手。

这么粗俗说话的，当然是男老师。男老师虽然是老师，平日谈艺术时，语言也是十分文雅的，但一旦谈论男男女女的话题时，他们就会返祖般用十分低俗的语言。何茂盛这家伙把周荇搞上了，他们兴奋地说。语气里，颇有垂涎之意。

有人撞见何茂盛半夜从周荇的房间出来。

这也没什么，当年张生和崔莺莺，不也半夜在西厢"绣纬里效绸缪"吗？那还是男女大防的明清时代呢，何况现如今，男大女大的，在房间里"绸缪绸缪"，有什么好"人言可畏"的？

我们不大惊小怪。不管怎么说，我们也是一群整天谈文艺的年轻人，不至于像弄堂里的老太太那样古板封建。我们只是有些兴奋和激动，"风乍起，吹皱一池春水"，那段时间，我们就如被春风吹乱的一池水，泛起一圈又一圈涟漪，在这样的春天，楼里终于发生了一件有点春天意思的事情。

不说喜上眉梢，但楼里的男男女女，那段时间，真像邓丽君歌里唱的那样，一个个都是"甜蜜蜜，你笑得甜蜜蜜，好像花儿开在春风里，开在春风里"。

之前我们过得太一本正经了，太一本正经的生活，虽然是正确的生活方式，但过起来，还是很乏味的。

人有时候，是需要放纵的，像张爱玲《更衣记》里那个骑自行车的小孩，骑着骑着，突然一撒手，让自行车摇摆着掠过人群。一刹那，满街的人，都景仰地看着他。当然，不是所有人都有突然一撒手的胆量，因为怕摔得鼻青脸肿，但看着别人撒手，也是一件欢悦的事。

男老师只是有点替周荇可惜，老牛啃嫩草哇，他们说。

我们女的不这么看，尤其苏小粤。你们觉得周荇是嫩草吗？

我们楼里的单身女人，最年轻的是基础课部的顾凤艳，也有二十七了，早就不属于男老师嘴里的嫩草了。但大家都是从嫩草过来的，知道嫩草应该是什么样子，至少都清瘦，有着还很含蓄的身体。

而周荇丰腴，且不是薛宝钗那种少女的珠圆玉润的丰腴，而是一种不匀称的丰腴，像毕加索的雕塑，不合人体的比例，某些部位夸张地丰满肉实，比如下巴，比如肩背，比如胸——周荇的胸，比李孟起的老婆还大，李孟起的老婆还在哺乳阶段呢，可看起来，那部位也没有周荇的大。

她个子又不高，坐着时还好，一旦走起路来，几乎就摇摇欲坠了。

整个人，圆滚滚的，是"绿树成荫子满枝"的样子。

那样的身体，怎么能说是嫩草呢？

肯定早就，早就——

早就怎么了？苏小粤不说了，即使只是和我，她的"郦"，苏小粤也是有所言有所不言的——也不需要言，我虽然迟钝，但这种话，也还是能听懂的。

后来想想，苏小粤打一开始就对周苻怀有一种微妙的恶意。这真是奇怪的事情。本来周苻这样长相普通的女人，按说是不会招致其他女人的恶意的，可以说，她没有资本招致其他女人的恶意，尤其还是苏小粤这样的女人。女人和女人之间的恶意，只有在风头差不多的情况下才会发生。而相距甚远的两个女人，一般都能相处甚好。就像我和苏小粤。每回我们因为什么不愉快了，苏小粤都会大人大量地主动找我。"郦"，"郦"，她若无其事地叫。我不认为这是苏小粤境界高，或者风度好。只不过是她在我面前有优越感罢了。一个人一旦在另一个人面前有了优越感，就会变宽厚的。有时候，宽厚其实也是一种该死的傲慢。而计较，倒是一种真正的尊重。

但苏小粤对周苻，却没有这种宽厚和友善。她每次说到周苻，都有一种不能压抑的刻薄，这真是不可理喻，就好像她是一只乌鸦，能未卜先知一样。

我们都以为过不了多久就要吃何茂盛和周苻的喜糖的，也就是从楼上搬到楼下，或从楼下搬到楼上，再在门上贴个大红"囍"字，简单得很。繁复些的，就再贴副对联，"但愿人长久，千里共婵娟"，或者，"执子之手，与子偕老"，反正楼里书法好的老师有好几个呢，小篆，隶书，草书，甚至甲骨文，都能写。当初李孟起和他老婆，也是这样先偷偷"绸缪"呢，没"绸缪"多久，就给大家发喜糖了。

可不久楼里又有人撞见别的男老师半夜从周荇的房间出来。

什么意思？周荇这么快就和何茂盛分手了？和别人好上了？

这也太水性杨花了吧！

但诡异的是，何茂盛并没有失恋的样子，他还是春风满面地在周荇房间进进出出。

周荇的房间，越来越热闹了，有时简直是门庭若市的盛况。

我们经常听见李孟起老婆站在三楼楼梯口尖声尖气地叫："李孟起，李孟起。"

有一回，是个周末，苏小粤回她父母家了——自从陈亥迁徙之后，苏小粤就经常回家了。我一个人，从食堂打了饭菜回来，经过周荇门口时，里面乱哄哄地，有人叫，马郦，马郦，进来进来。

是顾凤艳。

顾凤艳和苏小粤关系不怎么样，但和我的关系还行。只要我没有和苏小粤走在一起时，顾凤艳见了总是很热情地打招呼的。

周荇的桌上，放了一个两耳大铝锅，上面冒着腾腾热气，几个人正团团围坐在一起吃东西。

周荇起身帮我也盛了一碗。

是荠菜豆干水饺，里面还放了香菇丁什么的。

那个新鲜，不是我们在外面吃的"大娘水饺"所能比的。

自己包的，正好在菜市场碰到有老乡卖新鲜荠菜，一时心血来潮，就想包水饺了，周荇笑眯眯地说。

我无语。这个女人真像苏小粤说的，是个天生的家庭妇女，心血来潮时竟然会包水饺，还包上这么多——像我妈。

我妈就是这样的。清明节包艾叶粑，端阳节包碱水或腊肉粽子，从不计算，总是多多益善，蒸上一大木甑，家里的儿女，邻居家的老小，甚至从家门口偶过的路人甲乙，她都热情招呼，"尝尝，尝尝"，也不管人家想不想吃，她都真心实意地劝，直到人家吃撑了，吃得打嗝了，她才欢喜。

父亲那时候就一脸酡颜，端然坐在桌子上方，看着大家，看人间美景似的。

上一代女人才会这样吧。她们身上有哺育万物的母性。而我们没有，我们能自哺就不错。

我也开始去周荇那儿了。

在苏小粤回去的日子。不知为什么，我会有意无意地避着苏小粤。当苏小粤待在八号楼的时候，我还是不好意思。

我其实用不着这样忠于苏小粤的，虽然苏小粤叫我

"郦"，我们八号楼的其他人，也把我看成"苏小粤的人"，我们经常同进同出比翼双飞——但那是在苏小粤有比翼需要的时候，想散步了，想去青苑书店看看了，想一起坐在栗子树下听听鸟叫。有段时间外面的栗子树枝上有小鸟筑了个巢，一到午后就唧唧啾啾地叫个不停，苏小粤来找我，郦，郦，她在我门口艳若桃李地叫。我一般都招之即去，我这个人，心野，只要有呼唤，就禁不住要响应的。再说，坐在树下一起听鸟叫，这辈子会有几个人邀你做这种事情呢？我珍惜这种机会。

但颇让我不快的是，如果我找她一起去哪儿，苏小粤就可能"有点事"，也可能会"有点累"。

要说，苏小粤"有点事"也不是不可以。如果我是个心胸宽广或粗枝大叶的男人，这句话就没有任何问题。但之前我说过，在我如山如河的外表下，内心也是杨柳般纤细的女性。于是这句话对我就造成了伤害，一种纯粹属于女性意味的细腻的伤害。"我还要备课呢"，"一会儿有学生来找我"，我认为，以我们的关系而言，苏小粤至少应该这么具体地说。

而含糊其词的"有点事"，实在太简慢和疏远了。

于是，下一次，她来找我的时候，我就睚眦必报地也"有点事"了。

可就算这样，我也不想选择这种时候表达对苏小粤的不满，那有"墙倒众人推"之嫌，苏小粤房间已经很冷清了，我再走，就更"门前冷落车马稀"了。

周二之夜的聚会结束了，"这段时间我妈妈身体不好"——即使在我面前，苏小粤也是这么说的，好像我不知道发生了什么似的。

苏小粤后来，有一半时间不住宿舍了。有课时她才过来，没课她就回家住了，她家就住省府大院，坐上公交，不到一个小时就到了。

再后来，苏小粤就找了男朋友，男朋友也是大院的，两家是世家，和苏小粤算青梅竹马，在美术出版社工作，据说前程远大，有可能要当副社长的。形象也不错，文艺范儿十足——大夏天的，脖子上还系了条赭色棉麻围巾。

他不热？何茂盛问。

这样不会捂出一脖子痱子？顾凤艳问。

但我们不得不满怀酸楚地承认，大夏天系赭色围巾的苏小粤的男朋友，挽着苏小粤走进八号楼的样子，真是风度翩翩。

毕竟是苏小粤，什么时候都可以立于不败之地的。

之后我去周荐那儿就不必避着苏小粤了。

周荐的好，我是次第见识的。一开始只是基于食物的诱惑，在苏小粤房间我们是清谈，一般只有白开水，间或也有茶叶佐谈，花草茶，苏小粤是把喝茶当艺术活动来进行的，"你们不觉得看花草在玻璃壶里慢慢盛开的过程，就如听了一曲《还魂记》？"可那一壶一壶的花草茶真是中看不中用，在谈了两三个小时的艺术之后，大家就饥肠辘辘了。但苏小粤房间没有吃的，最多有一两个或红或青的苹果，或几颗或红或青的圣女果，放在桌上青花釉里红的水果碗里，那也是当画放的，"只可远观而不可亵玩"——苏小粤房间里的东西，一般都是"只可远观而不可亵玩"的。再说，就算可以吃，人这么多，也不够分的。况且，大家也没有养成随便吃苏小粤东西的习惯。只好不停地喝水，不停地喝水，一个晚上喝下来，肚子里的水，在后半夜就要"水漫金山"了。于是在周二晚上，大家上厕所的次数，明显会比平时多几次。

但周荇那儿不一样。男人在苏小粤这儿的教养，一到周荇的房间就全没有了。自己动手，丰衣足食，他们一个个都喧宾夺主起来，渴了自己倒水，饿了就去翻周荇的饼干盒，或书架。书架是我们八号楼的标配，每个房间都有一个的，或者几个。像老孟教授的房间，就有好几个书架，也不知他从哪儿搞来的，上面堆满了书，甚至地板上床上也是书。反正教授别的没有，书有得是，我们真担心有一天他的书会把楼压塌了。但周荇的书架，却不能叫书架了，只能叫食橱，因为只有最上层有几本书，而其他几层，放的全是杯盘碗盏。碗里常常会有些剩菜，几块红烧肉，半碗腌萝卜，男老师撩开布帘一看，"哇哇哇"地大叫几声，就不客气地把它端了出来，大家直接用手就解决了。

不吃还好，一吃更饿了，"弄点吃的，弄点吃的"，有人叫嚷着，周荇就很听话地去弄吃的了，下一大锅面条，煮一大锅粥。

我最爱喝周荇的红豆粥，里面有花生仁和芝麻。冬天，小半夜了，肚子里又空虚又凄凉，喝上一碗这样香喷喷热乎乎的粥，内心就生出一种温暖如春的缠绵。

大家想必和我一样，吃饱喝足之后，也不舍得散，继续或躺或坐东倒西歪地待在周荇的房间。

高雅的文艺话题早就不谈了，原来在苏小粤处那种"一觞一咏"意味的聚会，现在变成了"一饮一啄"。

但我们开心得很。

桌上杯盘狼藉，也不管，统统留到周荇第二天早上清洗。

反正周荇在档案馆上班，那种鸟不拉屎的地方，早点去晚点去，有什么关系？

不像我们这些做老师的，上课迟到一分钟也不行。讲台下不但有学生，还可能有督导呢，我们这些年轻老师，正是督导们喜欢督导的对象。

包括何茂盛，后来都这么轻慢地对待周荇。

他在周荇房间里的样子，让我顿生"橘生淮南则为橘，生于淮北则为枳"的感慨，他不再寡言且"自矜持"地坐在书架后的角落里，而是和王羲之在东厢一样，逍遥自得地"在东床上坦腹卧"——这个床，可不是王羲之的坐榻，而是货真价实的床，周荇晚上要在上面睡觉的，虽然周荇在床单上面铺了一块墨绿色旧浴巾，算是屏风般的隔，但在我看来，那是形同虚设。

不单是何茂盛，还有另一个男的，后勤处的电工小余，也喜欢那个位置。

两个男人，经常在那个位置此起彼伏的。

其中是不是有某种寓意？我想问顾凤艳的，但没问——这种话一出口，就近乎在败坏周苈的名声了。

也或许是我想多了，他们只是随便罢了，谁叫周苈脾气好？所以大家行事就没有了章法。

我不也一样？一开始还温文尔雅，可没"尔雅"上多久，就也放肆起来。不知为什么，我们在周苈面前，不知不觉就成李逵了——"一片天真烂漫到底。"

"周苈，你那儿还有腌柚子皮吗？想吃了"。

"周苈，陪我去一趟火车站怎么样？我表姨来了。"

周苈总是有求必应的。但偶尔她也有迟疑的时候，想必不怎么方便，可我不管她方便不方便，总是霸王硬上弓地拉了她就走。

也是奇怪。我和苏小粤做朋友这么多年，进退都一直很有分寸的，从没有这么逾矩过。

但周苈身上，就是有一种"人为刀俎，我为鱼肉"的软弱。

我们其实都喜欢软弱的人。

我不知道这是不是陈亥喜欢周苈的原因。

陈亥后来也开始追求周苈了。

一开始大家还不信。以为陈亥频繁地往周苈房间跑，无非是贪恋那儿的烟火气。他怎么会看上周荇呢，他那么心高气傲，又志存高远，怎么会看上家庭妇女一样的周荇呢？但顾凤艳看过陈亥写给周荇的情书，"遇见你之前，我没想过结婚；遇见你之后，我想结婚了"。

我们普遍觉得匪夷所思。何茂盛追求周荇我们理解，他是惯性使然，而且年纪老大不小了，所以"饥不择食"；电工小余追求周荇我们也理解，他一个后勤人员，长得既黑且矮，和周荇那是"才貌相当"；甚至如果李孟起追求周荇我们也理解，毕竟结了婚的男人，只要不是自己老婆，别的女人个个都如花似玉——而且，就算不如花似玉，也不要紧。毕竟婚姻久了，总易生出厌烦，所以偶尔换个花样，调剂一下，就如课间溜出去抽支烟，所以就不讲究了。

但陈亥，怎么会？

世上万物，难道不应该有其秩序？连幼儿园的小朋友都知道呢，"排排坐，吃果果"。

女老师们更加愤愤不平。周荇凭什么可以吃陈亥这个奇大无比的"果果"？

苏小粤那段时间又开始频繁地找我了。也没有事，只是到校园后面"瞎转转"。校园后面有小丘，有池塘，有樟树柳树苍蝇树，是个瞎转转的好地方。

只是还没瞎转上半圈，苏小粤就开始说周荇了。

她找我就是为了说周荇呢，不说不行，她如鲠在喉，如芒在背，我知道的。

而且，她也只能说周荇，不能说陈亥——说陈亥，就太伤自尊了，不是苏小粤的风格。

郦，你觉得，周荇那个女人如何？

能如何呢？在苏小粤这儿，只能"不如何"了。

这倒不是我"墙上一棵草，风吹两边倒"，而是出于一种道义的考虑，我在奉行一种不道德的道德。既然陈亥在"述"周荇，那么周荇就处于上风了，而一直等陈亥来"述"的苏小粤就落到了下风，我对处在下风的人，总怀有一种惺惺相惜的情意。于是我想抚慰苏小粤，而彼时彼刻，抚慰苏小粤最好的方式，也就是和苏小粤一唱一和，嘲讽嘲讽周荇。

郦，你说周荇这个女人，有意思吧？好歹也在大学工作，也算是个文化人，却从来没看过她读书，总站在走廊里做饭，那样子，简直像食堂的大妈一样。那么喜欢做饭，为什么到档案馆工作呢，她应该去食堂工作嘛。

自己开个饭馆也行呀，那也算"天生我材必有用"。

还系围裙，人家李孟起的老婆都不系围裙呢，她还系围裙。

也是，太夸张了。

还养猫，真是闲。

也是，养的猫还不捉老鼠。

还在栗子树上拴绳子晒被褥。

——这是苏小粤最恼火的事情。苏小粤说，在周荇住进八号楼之前，八号楼虽然也很烂，但至少还有几棵栗子树的诗意；周荇一来，八号楼就彻底沦落了，变成了小市民的窝。

也是，还在树上拴尼龙绳。

我鹦鹉学舌般的附和，多少让苏小粤心情好了些。

我们于是能够相对心平气和地谈论另一个问题，那个问题后来成了我们八号楼所有女人都好奇的问题，以至于我们多年之后碰到一起时，还会谈论它。

那就是，为什么八号楼的男人，会对乏善可陈的周荇趋之若鹜？

有段时间，陈亥和周荇似乎确定了恋爱关系。顾凤艳说，周荇已经去过陈亥的家了，周荇手上戴的那个金戒指，就是陈亥的父母给的。

那个金戒指我们都见过，老式的韭菜叶形状，没有纹样，也没有镶嵌任何珠宝。周荇在靠手掌心那面，缠了一小截朱红丝线，想必戒指略微大了点——陈亥的父母，是不是想给陈亥找一个指节更粗大的媳妇？指节粗大，意味着能干活儿，是"敏于行讷于言"的女人。我们家乡也有这种说法的，挑媳妇，要嘴小、手大，这样的女人吃得少做得多，还不挑拨离间。挑拨离间的女人最要不得，因为会把家里闹得鸡犬不宁。

相对于周荇的小个子，她的手已经算大了，也肉实富厚。如果是苏小粤，估计那戒指压根就没法戴了，她的手指，纤细得有些不像话，是那种"指若削葱根"的淑女手指。

这种手指，也就翻翻书，劳动起来，就不怎么好使了。

这是不是陈亥选周荇不选苏小粤的原因？

我们打趣地议论着。

不管怎么说，周荇现在已经是陈亥"父母之命"的对象了。

但周荇的房间还是和从前那样热闹，我们虽然在背后没少议论周荇，却仍然爱往周荇的房间跑。人有时候，实在是很卑劣的，又卑劣又矛盾。我们一边轻视周荇，又一边喜欢和周荇来往。

包括何茂盛和电工小余，也和从前一样，还在铺了墨绿色旧浴巾的周荇的床上此起彼伏。

陈亥的度量真大呀！

这样的感喟里，听着像是褒扬，其实却是闪烁其词的揶揄。

那些传言——有人看见不止一个男人半夜从周荇房间出来——陈亥难道没听见，或者听见了也不介意？

甚至还有陌生的男人来找周荇。一个衣冠楚楚的四五十岁的瘦削男人，长得有点儿像《失乐园》里的久木，神情清冷，拎一个黑色电脑包，隔上一段日子，就会来一回八号楼。每回都要在周荇的房间里，待很长时间。门窗都关着，也不知他们在里面干什么。

顾凤艳说，那是周荇的研究生导师。

顾凤艳的房间和周荇门对门，又话多，又循循善诱，所以会知道许多大家不知道的事。

可一个男导师，在女弟子毕业后，还用得着这样过来躬亲指导？

怎么也说不通。

但大家除了感喟一句"陈亥的度量真大呀"，也没有谁多说什么。

流言也是看人的，我们说何茂盛，可以畅所欲言，但说陈亥，就谨慎多了。

陈亥严肃，人们对严肃的人，总是更忌惮些。

但接下来发生的事情，让我们又一次匪夷所思。

周荐没嫁给陈亥，却嫁给电工小余了。

小余有一天爬上了我们学校主楼的楼顶，主楼十一层高呢，他横骑在护栏上，那样子，如一只麻雀栖在树枝上。当时是饭点，坐在对面食堂吃饭的师生闻风都跑了出来，卖饭菜的大师傅跟着也出来了，手里还拎着打饭的饭勺呢。大家一起人头簇簇地往上看，看戏似的。

怎么回事？

怎么回事？

小余在上面扯了嗓子喊：

周荐——周荐——周荐——

你是我的人——你是我的人——你是我的人——

我们面面相觑，周荐是他的人？这是什么话？周荐明明是陈亥的人呀，她手指上还戴着陈亥家的韭菜叶戒指呢，怎么是他小余的人？

难道"有人看见不止一个男人半夜从周荇房间出来"不是虚语？而是实有其事？

我之前还在顾凤艳面前帮周荇说过话呢。我说，即使有男人半夜从周荇房间出来又怎么样呢？说明不了什么的。因为周荇那个人，我们都知道，不会逐客。本来单身女人谁没有逐客的本事？那不是基本功吗？就如少林武当的马步桩，一上来就要先学会的。没学会这个女人还怎么单身住？总会有某个男同事或男同学，在已经不得体的时间里，有意无意地赖在你房间不想走，这时你就要看墙上或桌上的钟，越来越频繁地看；或者打哈欠，越来越频繁地打。如果还不走，那就不能客气了，只能用李白那一招了，"我醉欲眠卿且去，明朝有意抱琴来"，这是下下策了，因为那种话一说，就完全没有女性的婉约了，是图穷匕见的凌厉了。不过学院男人一般不会这么不开眼，好歹也是受过教育的人，你只要多看几次墙上的钟，人家也就懂了。像木心诗所写的那样，"从前的锁也好看，钥匙精美有样子，你锁了，人家就懂了"，我们虽然不是从前的人，但有些规矩自古至今也是一样的。当然奇葩也是有的，我就遇到过，那还是我在复旦读博的时候，在某次乡党聚会时认识了一个男人，他是有妇之夫，来复旦做博后。我们认识之后他有事没事喜欢来我房间"小坐片刻"，开始时还好，真是名副其实的"片刻"，但后来就"一片一片又一片"——没完没了啦，我急鼓繁花地看闹钟也没用，急鼓繁花地打哈欠也没用，没办法，最后只能"我困欲眠"了，那奇葩有妇之夫起身后还彬彬有礼地问一句："一起眠如何？"

我不知道周荇这种时候会怎样，总不会真"一起眠"吧？

小余说不定就是这样把周荇眠成了他的人。

周荇面软，从不逐客——至少我没有看见过她逐客，人家在她房间里待得再晚，她也始终带着佛殿里观音似的笑意，在一边陪坐着。从那笑意里，看不出来她是乐在其中的，但也看不出她不乐。别人说话的时候，她不怎么插嘴，眼睛倒是看着说话的人，也不是顾凤艳那样目光炯炯含义丰富地看——李孟起说，在八号楼，夜里有两样东西是不能看的，一是三楼西边角落里的一面裂成三面的破镜子，半夜看了，不定会看出什么东西来；另一样就是顾凤艳的目光，电光石火般，看了让人毛骨悚然；也不是何茂盛躲躲闪闪地看，何茂盛这个人，永远是你看他时，他不看你；你不看他时，他却在看你。但周荇的看，不一样，有一种杨柳春风的和煦——是不是这和煦，让那些男人对她趋之若鹜？

我和苏小粤讨论上面问题时这么说。

苏小粤说，这是姑息养奸。

那件轰动一时的爬楼表白事件之后，陈亥就去北京了，到清华去做博士后，再之后，就留清华了。

听说走之前，他找过周荇的，说不管发生了什么，他还是希望和周荇好。

但周荇还是把戒指退给了陈亥，和小余结婚了。

婚后他们搬出了八号楼，小余在"桂苑"搞到了一套单元房，是一居室，只有三十几平米，但麻雀虽小，五脏俱全，有厨房，有厕所，有阳台——虽然苏小粤说"那不是阳台，只能算飘窗而已"，但我还是颇艳羡的，我这个人，对厨房什么的，不怎么在意，但对阳台那东西，却向往得不行。

如果这世上还有什么是不势利的，那就是清风明月了。而有阳台的人，清风明月就是他家的。

阳台是出世的好地方，人在阳台待着，就如在读庄子的《逍遥游》了。

一把藤椅，一壶茶，一卷书，马上就可以进入"世间破事，去他个娘"的境界。

不过，周荇家的阳台，却让人没法出世只能入世。

没有藤椅，只有一个小马扎。周荇坐在那儿择菜削皮，一把茼蒿，一个苤蓝，周荇要弄上半天，她真是仔细，也真是慢，慢得像绣花。

周荇坐那儿的样子，看上去，简直就像坐了一生一世。

也是奇怪，周荇住八号楼，她和八号楼就水乳交融，一住进"桂苑"，又和"桂苑"水乳交融了。

她家的阳台是封了的，用玻璃和镁锰合金，小余自己的活儿，材料是从学校基建队搞来的，也没花钱。墙上的涂料是他自己刷的，厨房和卫生间的瓷砖是他自己贴的，他家所有大大小小的家具，沙发、床、衣柜，阳台上的小马扎，全出自小余自己之手。小余什么活儿都会干，木工活儿，泥工活儿，电工活儿——电工活儿当然不用说，他本来就是电工。

阳台外面还做了两个又大又结实的不锈钢架子，长的那个是晾衣架，方的那个是花架，应该是花架吧？上面放了好几盆植物呢，植物全长一个样，都细细长长的，苗条得很，看上去简直就是袅袅娉娉的"嫩草"，是江南常见的小香葱。周荇说，小余爱吃鸡蛋葱油饼，也爱吃小葱拌豆腐，在阳台栽上几盆葱，想吃了就掐，方便，还新鲜。

果然。我和顾凤艳去他们家蹭饭的两次。一次就吃鸡蛋葱饼，另一次吃小葱拌豆腐。

也就那两次，后来顾凤艳再邀我一起去周荇家，我坚决不肯去了。第一次去，小余还算客气；第二次去的时候，小余的脸色就不太好看了。

后来——也就几年光景吧，我们这些原来住八号楼的人，差不多都作鸟兽散了。

我们都纷纷结婚了。婚姻这东西，说难也难，说易也易，只要不过于挑剔，想解决还是很好解决的。

即使何茂盛，也结婚了。他找了个生物系的女老师，生物系女老师比何茂盛大好几岁，离了婚，有一个上小学的女儿。

我们后来再也没见过何茂盛鸦鬓粉腮的样子，他现在不染发了，就那么一树梨花地和生物系女老师走在一起。这也好，看不出谁老谁少了。

这家伙，倒是一步到位，老婆女儿全有了，在教学楼课间休息时遇到李孟起，他打着哈哈说。

我们这群人时不时还会遇到的，不是在教学楼，就是在教务处；不是遇到这个，就是遇到那个，大家虽然不住八号楼了，但还在一个单位搵食呢。

遇到了总要寒暄几句，我们这些旧邻在一起寒暄什么呢？不过"某某某"如何如何了，"某某某"又如何如何了。

这"某某某"里，出现频率最高的，除了周荐，就是何茂盛了。

我们喜欢谈论这两个人，谈论别人时，我们会习惯性地谨小慎微，字斟句酌，就怕一不留神，说出了什么不合适的话，授人以柄。结果聊个天，弄得像开会发言一样严谨正经，没意思了；而谈论他们俩，我们就无所顾忌了，想怎么谈就怎么谈，想谈什么就谈什么，"嘈嘈切切错杂弹，大珠小珠落玉盘"——酣畅得很！而且，谈论他们俩还不会影响食欲，谈论别人就不一定了，比如陈亥，每次谈完他之后，总会让人食量大减，本来吃两碗的，只能吃一碗了，本来吃一碗的，只能吃半碗了——又在什么什么权威杂志发表论文了，又拿了多少多少经费的国家项目了，老是这一类消息，让我们这些在三流学校混日子的旧邻听了，不能不有"停杯投箸不能食"之郁闷。

不是我们心眼坏，听不得别人的好。而是别人的好，把我们的处境反衬悲惨了。

我们还是喜欢"葱绿配桃红"的参差关系，要大家差不多，"你好我也好"，或者"我不好你也不好"。

所以为了养生故，我们还是少谈陈亥之流，多谈何茂盛和周荇——谈他们，总是让我们胃口大开。

周荇生女儿了。

周荇的婆婆现在和他们住一起呢，过来帮他们带女儿。

周荇的每月工资，都要交给她婆婆的，她婆婆负责买菜，周荇负责做菜。

关于周荇的事情，一般都是从顾凤艳那儿来。

顾凤艳和周荇一直都有来往——说来往或许有些不准确了，因为周荇其实来而不往的，以前在八号楼也这样，都是别人去她的房间，但她从不去别人的房间。这一点，正好和顾凤艳珠联璧合，顾凤艳最喜欢去别人家串门，还有本事不怎么看别人的脸色。不过后来周荇家里也实在没法去了，尤其在周荇的婆婆来了以后。"那老太太，小气得要命，我去周荇家，她就像猫头鹰一样坐在边上，目光炯炯地看着我们，周荇给我盛碗绿豆汤，她就说现在绿豆多少多少钱一斤；周荇给我拿块糯米糕，她就说现在糯米多少多少钱一斤；就是只喝杯白开水，她还说这个月的煤气费比上个月多出了两块钱。"

那个家，不是周荇的家，是小余和小余妈的家。顾凤艳替周荇鸣不平。

但周荇自己不觉得，周荇说，她婆婆只是过日子仔细。

可工资什么的，怎么能交给婆婆管呢？

老人喜欢管钱，就让她管呗。周荇说。

还能说什么呢？就是顾凤艳，也不好多说了。

她们后来就在办公室见面了。好在基础课部和档案馆离得不远，顾凤艳下了课，就去周荇的办公室坐坐，歇歇脚，再喝上几杯水润润嗓子。

顾凤艳的"歇歇脚"，可不是一句虚话，而是真正意义的"歇歇脚"，她喜欢穿高跟鞋上课，"不累吗？"我问过她。"累呀，可累也得穿，不然，我看不见后排的学生。"这是小个子女老师的烦恼，人高马大的我是从来没有的。但穿着高跟鞋把两节课——甚至四节课上下来，脚的酸痛可想而知。

周荇的办公室有拖鞋，她是那种一到办公室就换上拖鞋的女人。因为顾凤艳常去，所以周荇也特地为顾凤艳准备了一双。

赤脚伸进马海毛拖鞋里，你不知道有多舒服！

还有茶水。罗汉果茶。那种茶生津止渴，清热润肺，一杯牛饮下去，通体舒泰！

还有点心，周荇自己做的戚风蛋糕，又香又软。她现在庖厨的手艺更好了，什么都会做，不单中国菜川菜湘菜粤菜会做，就连外国菜，什么韩国的杂菜，日本的寿司天妇罗，都会做呢——反正档案馆清闲，她一天到晚坐那儿没事，光研究菜谱了。

只可惜，我们是吃不上了。

小余真是有福气，娶到了周荇。顾凤艳啧啧说。

但周荇的婆婆不这么说。

周荇的婆婆我是见过的，在"桂苑"花坛那儿，她带了周荇的女儿在那儿玩呢。我结婚后其实也住在"桂苑"，和周荇家只隔了几栋楼，我婆婆有时也会抱了我儿子下楼去那儿晒太阳的。

花坛那儿经常有好多婆婆，但我一眼就能认出周荇的婆婆——且黑且矮，和小余长得一个样。

婆婆在一起，总是要议论媳妇的，这是天底下婆婆的乐子。女人岁数大了，也不剩什么乐子了。只是"桂苑"的婆婆，议论起媳妇来，也入乡随俗颇有学院风，多是微词，且有转折。不仔细琢磨，就不能曲尽其妙的。

我家周荇，什么都好，就是做事有点慢，慢得像蜒蚰。

蜒蚰是什么东西？我不知道，学生物的老公告诉我，其实就是蜗牛一类的东西，爬起来特别慢，从水池这边爬到那边，要好半天光阴的。

这也不算诋毁周荇，因为周荇做事确实慢。只是把一个女人，比喻成蜒蚰，想起来还是有点恶心。

我家周荇，什么都好，就是有点好吃——马上就要吃午饭了，她还要拈块芝麻糕吃；夜里十点多了，我都上床睡觉了，听到厨房还窸窸窣窣地响，起来一看，她在那儿煎麻糍呢。那几个麻糍，我打算第二天早上用来当早饭的。

倒不是舍不得她吃。只是麻糍这样的东西，睡前吃，能消化？

她都这么胖了！好看不好看的，还在其次，只是再这么吃下去，对身体不好的。

还爱喝酒，酒量比我德宝还好，我德宝只能喝两小盅，多喝一盅，就醉了。她能喝三四盅，也没事。

"我德宝"，也就是小余，小余叫余德宝。

我德宝也是命苦。养一个这么会吃会喝的老婆，等于别人养了好几个呢，所以才那么瘦，都是累的。

世上的事，原来可以这么亦白亦黑的。在顾凤艳那儿是"小余真是有福气，娶到了周荇"；到周荇婆婆这儿，就成了，"我德宝也是命苦"。

"桂苑"的婆婆，一般在"桂苑"待不长。有的一两年，有的几个月，就各自回各自的地方了。

她们过来，不过是帮忙带孙子孙女，只要孙子孙女稍大一点，大到可以上幼儿园了，就急着和媳妇"一别两宽，各生欢喜"了。

婆婆和媳妇住一起，总是两不相宜的。

但周荇的婆婆一直住在"桂苑"，周荇的女儿上幼儿园了，她还住这儿；周荇的女儿上小学了，她还住这儿；周荇的女儿上中学了，她还住这儿；周荇都不住这儿了，她还住这儿。

谁也没想到，周荇和小余会离婚。

是小余要离。

小余要离，周荇就同意了。

她怎么能这样呢？他要结，就和他结；他要离，就和他离。招之即来，挥之即去，世上哪有这样的女人？顾凤艳替周荇鸣不平。

连苏小粤也觉得气。就这么个"粪土之墙不可圬也"的女人，当初竟然把陈亥抢了，抢了还不要！

而陈亥之后还念念不忘。他父母还在这个城市生活，所以过春节的时候，他父母如果不去北京，他就会在年前或年后回来一趟。有时和爱人小孩一起，有时就一个人。一个人回来的时候，他就会找周荇，一起吃个饭，或喝个茶。

周荇每次都去。

据说这是小余和她离婚的原因之一。

也还有其他原因，比如周荇的导师，那个神情清冷的中年男人，时不时还是会来找周荇，到周荇的办公室。周荇的办公室本来还有另一个女人，但另一个女人经常点个卯就走了，所以周荇的办公室，一般只有周荇在。

一个女人的办公室——尤其是周荇有拖鞋有绣花靠枕有镜子有沙发的办公室，和闺房也差不多了，怎么可以接待男人？

小余不让周荇在办公室见导师了。

不见就不见吧，周荇答应了——周荇是习惯答应的女人。

可答应归答应，等到导师来了，周荇又见了。

没办法，周荇说。

周荇就这样，既不能拒绝小余，也不能拒绝导师。

和陈亥也是如此。明明答应了小余不再见陈亥了，可只要陈亥打电话来，周荇又会偷偷地去见陈亥。

没办法，周荇说。

但每次见过了，小余都会知道——也不知道他是如何知道的。

不怪我德宝的，怪只怪这个女人，不自重。周荇的婆婆说。

说这话的时候，老太太已经不是周荇的婆婆了，所以"我家周荇"，就变成了"这个女人"。

小余和周荇离婚后，不久就再婚了，和校医务所的一个女护士。六个月后，生下了一个儿子，儿子小鼻子小眼，乌漆墨黑的，和小余，小余的妈如出一辙。

这也好，至少是"青出于青"了。

不像以前，小余或小余的妈，带小余女儿出去，经常会有人忍不住这么说上一句："哇，这是小余女儿——青出于蓝，青出于蓝哪。"

这是夸小余的女儿长得好看。

小余的女儿确实长得好看，圆圆的眼睛，雪白的皮肤，理个西瓜头，穿件圆领花褂子——好看得有点儿不像小余的女儿了。

所以小余或小余的妈听了"青出于蓝"，总有些不高兴。

不知道小余后来离婚，会不会和这"青出于蓝"也有关系？至少小余妈妈在"桂苑"散布的舆论隐约有这个意思的。

但顾凤艳说，这是倒打一耙了！明明是他让校医务所的女护士怀上了，然后奉子离婚。周荇说过的，有段时间，小余总感冒，一感冒就喜欢去校医务所；后来就是女护士家的各种电器总坏，一坏就给小余打电话。当时周荇还对我嘀咕过，日光灯怎么会总坏呢？保险丝怎么会总断呢？原来两个人是在"明修栈道暗度陈仓"呢。

周荇搬出了"桂苑"，她在学校后面租了一间屋。我们学校后面有一条街，叫后街，也叫堕落街。那里住的人，多是贩夫走卒，卖重庆鸡公煲的四川男人，贴手机屏保的人老珠黄的妇人，胳膊上文了秃鹫或龙的年轻人。没有哪个学校里的老师会租那儿的房子，况且还是个女老师。

周荇为什么租那儿的房子呢？

房租便宜呗，一室一厅的房子，月租八百，还不到"桂苑"的一半呢。

周荇和小余离婚，房子归小余，女儿归小余，存款——小余说，家里没存款，一个子儿也没有——他们家的经济，一直是小余和小余的妈在管的，他们两个有分工，大钱小余管，小钱小余的妈管。

四十多岁的周荇，如今"孑然一身地"、住在"又破烂又危险"的后街上。

周荇的门窗，相对于那些胳膊上文了秃鹫的年轻人来说，真是一点儿也不结实，太不结实了。都不需要用什么力气，只要轻轻一拽，估计就摧枯拉朽了。

这个顾凤艳倒没太夸张，那门窗我也见过。在学期末的某天，有学生请我到后街吃盐烤鱼——秋刀鱼吧，老师，后街竟然有夏目漱石写过的秋刀鱼。这个学生是日本文学迷，而且和苏小粤一样，也喜欢身体力行地考证作品里的食物。

我之前没吃过秋刀鱼，不知日本的秋刀鱼滋味如何，但我们学校后街的秋刀鱼真是难吃，不新鲜，胡椒和酱油放了太多，想必是为了掩饰那臭味，但在我吃来，却欲盖弥彰得像老妇脸上搽的粉，只让人更憎厌了。

但学生却吃得津津有味，好吃，老师，好吃！

我能说什么呢？也只能"好吃"了。

年轻就是好，有佛的眼，和佛的胃，看什么都好，吃什么都吃得下。

秋刀鱼尖嘴猴腮的样子，有点儿像小余。

周荇就住附近，想到顾凤艳说的"孑然一身"，我突然想去看看周荇。

后街后面的住房没有门牌，样子看起来都差不多，黄不黄白不白的外墙，狭窄曲折得如鸡肠般的楼梯，但我一眼就认出了周荇的家。

阳台水泥栏杆上有好几盆植物，开着嫩黄色细花朵叶子圆圆的植物，记得以前苏小粤说过，那是荇菜。还有开绿白色花的有着很粗茎管的花不花草不草的东西，我不知那是什么，后来周荇告诉我，那是洋葱。

洋葱放久了，发了紫芽，我干脆把它种到盆里，没想到，洋葱的花，也这么好看，周荇说。

明黄色的尼龙晾衣绳上，晒了花被单，花裙子。

其实没有阳光，阳光被前面的房子挡住了，那些花朵就开在这半明半暗的天光里，像宋时扇面上的画，有《清明上河图》那样的旧黄色，只是那旧黄色里，却奇怪地氤氲出一种生之鲜艳来。

我站在下面，怔怔地看了好一会儿。明明是那么丑那么破烂的房子，让周荇一住，怎么就有一种"老树着花无丑枝"的情态？

房间里，亦如此。十几平米的一居室，簇簇地摆放了不少东西：装竹荪的篾篓，装腌芥菜的瓦缸，装酿米酒的双喜坛子——这花花草草坛坛罐罐之间，还有一个搽了宝蓝色蔻丹染了暗红色头发的妇人。

是隔壁的陈姐，在前面开美甲店的，过来看我的豆芽——靠近水池那儿的一个圆口木桶里，竟然养了黄豆芽。

周荇这个女人，真是能繁衍，也不过在这儿住了一年，就如住了一辈子。

周荇的面色，也好得出乎我的意料，我以为会看到一张

"桑之落矣，其黄而陨"的脸，怎么说，她现在也是《氓》里的那个女主角了，不应该合乎情理地"其黄而陨"吗？没想到，周荇的脸，既不黄，也不陨，虽然不至于"其叶沃若"得像她阳台上的洋葱，但脸色看上去还是粉白的珍珠色。

"四十多岁了，还孑然一身地住在那种地方，太凄凉了。"大家谈起周荇的时候，语气唏嘘。

"如果当初周荇嫁给了陈亥，而不是小余，现在就住在清华园了。"

陈亥住在清华园，李孟起去过他家。李孟起说，从陈亥家到朱自清写过的荷塘，慢慢走，也不过十来分钟而已。

"如果周荇嫁给了陈亥，她每天就可以绕了朱自清的荷塘散步了。"

而不是这么"凄凉地"、"孑然一身地"住在后街。

但从周荇那儿，我一点也没有看出凄凉之意。

住在后街的周荇，仍然是"爰得我所"的安乐欢喜——也许因为周荇是圆脸，圆得像荇菜的叶子，我婆婆说过，圆脸的人，看着喜气，是福相。

有一回，应该是某个春天，栗子花开的时候，苏小粤突然打电话给我，说想去八号楼那边转转。那时我们已经很少见面了，人到中年之后，杂事纷扰，有些顾不上旧交了，而且，我们毕竟不是那种不见面就会想念的关系，就算偶尔因为什么事情想起来，也不过一闪念而已，我们并不会为此去做些什么。但苏小粤的电话一来，我还是隐隐有些激动。也不知为什么。八号楼看着更旧了，在那儿进进出出的，都是些生面孔了。除了老孟和他的猫。老孟一直住那八号楼，看那架势，似乎要在八号楼一直住下去了。我和苏小粤坐在栗子树下的长椅子上，老孟的猫也在那儿，依然是从前的孤傲脾气，睥睨我们一眼之后，就自己想自己的心思去了——猫应该也想心思的吧，至少老孟的猫应该会想心思。也不知它认出了我们这两个旧邻没有。或许没有。我们变化这么大，应该是面目全非吧？苏小粤这一回没有说周荇了，实际上，自周荇和小余离婚后，苏小粤就没和我说过周荇了。我们谈了一会儿老孟的猫，谈了一会儿栗子花。和以前比起来，栗子花开得有些少了，香味也清淡了不少，闻不出以前那种"温柔的粉香"。是我们的鼻子老了，还是栗子树老了？苏小粤问我。都老了吧，我说。后来苏小粤就没再说什么，我们静静地在栗子树下坐了一会儿，就各自回家了。

再后来，八号楼就拆了。

有一种植物叫荛葆

是不是因为她不怎么说话，自己才和她结婚的呢？他后来想。

几个女人中，要论长相，她应该是最普通的，不算好看，也不算难看，用父亲老周的评价，乏善可陈。老周是背了姆妈在书房单独对他说的。之前在饭桌上，他的态度虽然不很热情，但"小孙小孙"倒也叫得客气。她姓孙，叫孙庭午。老周这个人，只喜欢漂亮女人。什么时候只要一看到漂亮女人，本来萎靡的精神立刻就抖擞了。"如果他长了羽毛，这时候全身的毛就支棱开了。"姆妈很懊恼地说。他小时候听不懂，还觉得姆妈的想法奇怪，父亲也不是公园里的孔雀，也不是对门郝阿姨在阳台纸箱子里养的鸡，身上怎么可能长了羽毛呢？但他打小就是个有话憋心里不说的人，所以从来没有把这个疑惑问出口过。长大之后才明白姆妈这是在含蓄地骂老周衣冠禽兽。姆妈其实有点过了，老周算什么衣冠禽兽呢？也就看见好看的女人精神抖擞一下，从来没有把这抖擞付诸实践过。但姆妈对老周要求严格，按她自己的说法，别的女人"眼里揉不得一粒沙子"，她呢，"眼里揉不得半粒沙子"。所以他们俩就为了这半粒沙子的事斗争了大半辈子。一个认真地吃醋，一个认真地赔罪。好像真有什么似的。他觉得好笑。这些老派的夫妇关系，真是——怎么说呢，比木心在《我纷纷的情欲》里写的还纯洁可爱呢——"从前的人，多认真，认真勾引，认真失身。"老周甚至连勾引的事情都没有的——应该没有吧，除了捕风捉影，连火眼金睛的姆妈从来没有掌握到老周勾引过哪个女人的证据，那就是没有了。可他们俩硬是无中生有假戏真做了几十年，乐在其中似的。他们这一代就不同了，别说精神抖擞一下，就是真发生了什么，也还能相安无事呢。"就那么回事。"王周末说。王周末是他同事，结婚不过两年，他夫人姚莪就出轨了，和一个"人高马大"的西班牙外教——"人高马大"是中文系老师谈论那个西班牙外教时"想当然尔"加上去的形容词，因为没有谁见过那个外教，但既然是外国男人，又是姚莪那种女人的出轨对象，应该是"人高马大"的吧。当初他们恋爱时，他就觉得王周末和姚莪不合适，是生理意义的不合适。姚莪是那种"硕人其颀"的美人，毛发茂密，精力旺盛，身上动不动就呈现出一种云蒸霞蔚的壮丽景象。也不分白天黑夜，经常能听到她"哦——啊——哦——"吊嗓子般的声音。他住王周末的隔壁。学校给年轻老师们住的公寓，隔音不太好。不过，也没这样哦多久，后来王周末就总来他这边消磨，有一搭没一搭地和他聊天，或者下上一两盘围棋，或者什么也不做，就那么待着也不肯回去。姚莪就在那边"王周末王周末"地叫，声音关关雎鸠般缠绵，他听得一身鸡皮疙瘩，要王周末赶紧回去。但王周末一脸不情愿地说"再下一盘再下一盘"。他猜王周末是有些吃不消姚莪了。王周末和他一样，虽不至弱不禁风，但大体也是个四体不勤的书生。对于体力活，总是能逃避则逃避的——和姚莪那样的女人行房事，应该算繁重的体力活吧？那时他就有些替王周末的婚姻担心，要知道，姚莪可不是能吃素的女人。姚莪是外语系的女老师，外语系的女老师和中文系女老师是不同的，中文系女老师碰到这种情况，估计也就哑巴吃黄连了，最多像杜丽娘那样跑到后花园，自吟自唱几句"则为你如花美眷，似水流年，是答儿闲寻遍。在幽闺自怜"。外语系女老师可不会甘心就那么在"幽闺自怜"。果然，没有多久，就传出姚莪和外教的绯闻了。那段时间他就有点躲王周末，王周末过来叫门时他经常假装不在，他推己及人地替王周末感到难堪。没想到，王周末比他洒脱多了。"就那么回事。"王周末皱眉说。看上去不像是装样子的。他们没有离婚，也几乎没有吵架，因为他这边没听到什么动静，既听不到姚莪"哦——啊——哦——"地吊嗓子，也听不到摔碟子摔碗什么的。他姆妈和老周有时吵架吵到很激烈时，最后会以老周摔上一个相对不贵的碟子或碗结束，有点儿像古代的鸣金收兵，仪式感很强的。但鸣金收兵之后，他们家就会有一段相对太平的日子。王周末家也很太平，一种有点儿奇怪的太平，不是偃旗息鼓之后的岁月静好，也不是风雨欲来之前的黑云压城，而是——是什么呢？他也说不清，总之不太对头。那个西班牙男人听说回西班牙了，那又有什么用呢？姚莪还是姚莪，或者按苏小蓝的说法，姚莪还是莫莉。苏小蓝说过好几次姚莪是莫莉一样的女人。他一开始不知道莫莉是谁，苏小蓝说："你去看《尤里西斯》呀，乔伊斯的《尤里西斯》。"

苏小蓝是他的第三任女友，算是女友吧？虽然他们交往时间也就几个月，是那种边界不太清的交往，两人从来没有挑明过关系，但也有了一定程度的身体接触——衣衫整齐地搂抱过几次，也接过两次时间不算太短但程度也不很深的吻，但以他的道德标准，差不多就是女友了。如果不是认识了孙庭午，他会不会和苏小蓝继续交往下去然后顺理成章地结婚呢？难说。后来王周末问过他，为什么选孙庭午不选苏小蓝？他笑一笑，没作声。苏小蓝是通过姚莪认识的，也是外语系的老师。近朱者赤，近墨者黑。潜意识里，他是不是有这种想法？所以才犹豫不决？苏小蓝因此说他是哈姆雷特。"你是不是散个步也要'to be or not to be'一番呀？""你是不是吃个凤梨酥也要'to be or not to be'一番呀？"她不止一次这么揶揄他，他知道她的意思，是在催促他呢。她或许也不理解他有什么好犹豫的。她长得好看，是和姚茉不一样的好看法，按她自己大概的意思，是一种精致的优雅的高级的好看。苏小蓝个子比姚茉小，小多了，可乔伊斯不是说过"小包装的都是好货色"吗？当然，"好货色"不太好听，还是中国形容小个子女人的词语文雅——"小巧玲珑"、"小鸟依人"。听起来就美妙得很，如果换成大个子女人，就只能说"大鸟依人"——那就煞风景了！

　而且，苏小蓝的家境也好，父母都是公务员，不是一般的公务员，而是可以自谦"人民的公仆"那种。也就岁数略略大了点，可如果不是这一点，说老实话，也轮不上他这个从小地方来的中学历史老师的儿子。苏小蓝在点拨他这些的时候，因为又要顾虑到他的自尊心，自然就迤逦曲折了，因为迤逦曲折，说的话自然就比需要的多得多。一顿饭下来，他觉得她嘴巴似乎就没有消停过，一张一合，一合一张，搽了口红的嘴唇，像花瓣一样——那种将要腐烂的深红色茶花花瓣。女人现在不知为什么都喜欢这种红得发黑的口红，他真是搞不懂。她的牙齿倒是好看，当得起"齿如齐贝"。他记得读博士时，有个师兄告诉过他一个甄别女人的秘诀，就是看牙齿。牙齿会记录一个女人的私生活方式，还有她的道德水准——过去的和未来的，统统都可以从她的牙齿看出来。他只听过看马要看牙齿的，没听说过看女人也要看牙齿的。师兄说，看牙齿是从形而下看到形而上，而看女人其他部分——比如说看胸或屁股，像大多数男人那样——是形而下之看，纯粹官能生物意义的，没法升华成社会意义形而上之看。这当然是奇葩说法。但他还挺喜欢师兄的这个奇葩说法。所谓文明社会，不就是每个人都可以有自己的世界观？看屁股是一种世界观，看牙齿也是一种世界观。大家各看所看，各美所美。可即使是苏小蓝的"齿如齐贝"，也不能一直张着，他认为。他无法想象自己要这样看一辈子苏小蓝的嘴。他觉得难堪。人类真是奇怪，为什么会对有些器官讳莫如深而对有些器官听之任之？这种身体伦理是如何建立起来的呢？他和王周末讨论过这个问题。王周末说，存在就是合理。王周末总这么说话。无论多匪夷所思的事情，他都简单地用这句话来搪塞，仿佛那句话是一把万能钥匙似的。后来当她说话时，他就低下头，假装去看盘子里的菜，或者别过脸去看窗外的树或行人。苏小蓝揶揄他是哈姆雷特，或许吧，他确实有优柔寡断的毛病。然而，为什么和孙庭午没见上几次就决定结婚了呢？这说明他还是不喜欢苏小蓝身上的某些东西，或者说，他还是喜欢上了孙庭午身上的某些东西。

第一次见孙庭午是在老三家。老三是他的大学同学，当年"睡在上铺的兄弟"，两人不是多要好的朋友，但因为毕业后分在同一个城市，多少还是会有些来往。一般是有同学从外地来这个城市开会或出差时，老三打电话给他，约了一起吃个饭什么的。但平时两人是没有什么人情往来的。所以当老三办乔迁宴请他时他还吃惊了好一会儿呢，也为难了好一会儿，因为不知道是空手去呢，还是应该带点儿什么，他在这方面不太懂的。后来还是空手去了。这也是他的处世之道，有时就不想迁就一般的世故人情。老三家在保利伴山，一座二层别墅，一百七八十平米，还有一条宽阔的拱廊，像意大利电影里那样的拱廊，可以坐在那儿喝咖啡啤酒什么的，当然老三也可以坐在他家露台上喝。他们家还有一个四十多平米的大露台呢。他努力隐藏起自己刹那间生出的细小颓丧，做出那种场合下得体的表情。他其实不是个爱比较的人，平时对自己的生活也没有多少不满。但人是奇怪的，在有些情境下，就是会滋生出一些莫名其妙的黑暗情绪。一屋子的人他都不认识，女多男少。男的只有两个——他和另一个穿粉紫色衬衣的小个子。真是少见，男人穿粉紫色，布料还是那种会反光的绸缎类，看着像水箱里的热带鱼一样，有一种水波潋滟的效果。女的有六七个呢，都是老三夫人的同事。老三夫人在市图书馆工作，所以同事全是女的，一个个打扮得花枝招展。"这是某某某"，"这是某某某"，老三夫人一个个给他介绍过来，他装出一副认真听的样子，其实一个也没记住，也压根没打算要记住这些女人。但介绍到他身边那个穿白底绿花连衣裙的女人时，老三夫人介绍了一遍，老三又介绍了一遍，划重点一样。他这才反应过来，原来老三叫他过来不是为了炫耀他的别墅，而是要帮他保媒拉纤呢。老三可能是受夫人指使——过上了幸福婚姻生活的女人都有做媒癖好吧？像有钱人做慈善事业一样。而图书馆那种地方，又女多男少，于是老三夫人想到了他。老三为了巴结夫人，就找个由头把他这个王老五忽悠来了。难怪之前老三问他个人问题解决没有。他本来应该说解决了的，虽然那时和苏小蓝还没有挑明，但意思已经是那个意思了。但他也不知怎么回事，还是习惯性地对老三说了"没有没有"。

坐他边上的小姐姓董，叫董沙白。"我还有个姐姐，叫渚青。'渚青沙白鸟飞回。'我父亲喜欢杜甫的诗，尤其这一句。他还特意养了只叫'鸟飞回'的猫呢。每次在电话里都抱怨说，渚青沙白都靠不住哇，只有'鸟飞回'有良心，不离不弃地在家陪我。你说好笑不？我和渚青都嘲笑他是个'怨父'呢。"董小姐落落大方地和他聊起天来，一边聊天，一边还要帮他盛汤。他当然不肯，他是受过高等教育的男人，女士优先这点风度还是要的，只得反过来帮她盛。她也不推辞，娴雅端庄地坐着，看着他手忙脚乱地帮她盛汤。老三夫妇的眼光瞟来瞟去，一副要笑不笑的样子。他有些恼董小姐这种欲取先予的女性狡黠，还有她的落落大方，实在太大方了。然而他也没办法，只能坐那儿听董小姐莺声燕语。女人们怎么那么爱说话呢？对一个陌生的男人竟然也能说个不停。一楼，室内光线不太好，所以头顶上巨大的枝形水晶灯一直是开着的。老三家灯真多，墙上有玫瑰花瓣状红彤彤的墙灯，电视几上有橄榄树枝状绿荧荧的台灯，沙发边上有金黄色流苏布艺的落地灯，全都开着，"东风夜放花千树"般璀璨。看来老三夫人是个爱华丽铺张的人，也真舍得用电，一点儿也不考虑电费的事。他们家平时大白天也这么开灯？还是因为家里来了客人，所以才敞开了用电。他不合时宜地猜想着，自己也觉得自己有些无聊。大家的脸都被这些电暖器一样的灯照得红艳艳的，搽了胭脂一样。他额头汗津津的，感觉自己像一个要孵出小鸡的蛋似的。董小姐递给他纸巾，"擦一擦呀。"声音越来越有软语温存之意。他几乎要置之不理，当然没有，他也不是小孩，可以这么任性。他是社会人呢，要遵循起码的社会生活礼节的，只能讪笑着接了纸巾，听话地擦了起来，一边擦，一边想着要如何从董小姐这儿脱身。应该差不多散了吧？菜都上完了，桌上已是肴核既尽杯盘狼藉状，可大家还坐在那儿东拉西扯个没完没了。那个粉紫色衬衣男有些兴奋——他现在知道他姓庄，是老三的同事，也在省委宣传部文艺处，老三叫他庄处。"处女的处。"庄处一本正经地说。一桌的女人都咯咯咯地笑起来。"怎么可能是处女的处呀，应该是处男的处吧？"有女人亦一本正经地纠正。"处男的处也不可能呀。我们庄处如此风流倜傥，你们文艺处的女人那么妖娆，会放过你？""所以叫'装处'嘛。"大家又咯咯咯地笑。女性多的场合就是如此，话多，笑也多，什么肉麻轻浮的话，她们都能若无其事地接住，并且还很配合地笑。也不知是一种基于性别意义的教养，还是女性本来轻浮，就喜欢这样和男人打情骂俏。他再也坐不下去了，借口去洗手间，趁身去了二楼的露台。

　　几分钟后孙庭午也到露台来了。他是后来才知道她叫孙庭午的。他当时被董小姐搞得心有余悸，害怕又被另一个女人纠缠上，所以一言不发，只是目不转睛地看着远处，好像远处有什么风景可看似的。其实什么也没有，二楼的露台能看多远呢？也就能看看对面人家的露台。对面人家的露台显然没有老三家的露台好看，老三家的露台和老三的夫人是一个风格的，有一种花团锦簇的轻奢新贵风。露台上有朱红色帆布遮阳伞，有墨绿色合金镂花休闲桌椅，有几个高矮不同形状各异的陶罐，里面种满了一种开硕大金黄色花朵的奇怪植物——是对他而言的奇怪植物。他植物方面的知识非常贫乏，也就仙人掌荷花那些特征鲜明的植物叫得上名字，其他略微生僻一点的，就不认得了。不过，他也从来没有多识花草虫鱼的兴趣。记得老三原来也没有这个爱好的，喜欢花的是他们老大。他们宿舍里四个中文系男生，号称"风花雪月"。广东的老四最好雪，每次一下雪就疯魔。老三好的是风。"好风凭借力，送我上青云。"他后来走仕途，果然也扶摇直上了。他怎么也好上花了呢？或许是他夫人的爱好。当然，花花草草本来也是婚姻生活的繁衍物。但对面人家的露台光秃秃的，只有一个晾衣架，晾衣架上几件衣裳，在阳光下一动不动，看上去像稻草人一样寂寞。灰白色的外墙上还有一把倒立的拖把，拖把下有一个朱红色塑料水桶，一个朱红色塑料盆。就这几样毫无审美价值的东西，实在没什么看头。

但他假装看得目不转睛。

女人两手抱肘站在露台另一边，折了莫迪里阿尼画里的女人那样的长脖子看一个圆形大坛子里的植物叶子，好像那叶子是本书似的，也看得目不转睛。

直到老三在下面大声叫他们喝茶，这中间足足有二三十分钟呢，他们两个人，竟然一句话也没有。

他下楼时本来想打个招呼，点点头笑一下什么的——两个素昧平生的男女，一言不发地下楼梯，也挺尴尬的。但她笔直了背走在他前面，一丁点儿也没有开口的意思。

他碰到了一个比他还不爱说话的女人。

大约一个月后，他们又碰到了，在"侘"。

"侘"是一家旧书店——应该算书店吧？至少他是把它当书店逛的。但比起书店，它似乎更像一间起居室。"英国老处女的起居室。"她说。"为什么不是日本老处女的起居室？"他问她。他平时可不是主动打开话匣子的人，也许是因为这女人不爱说话吧，所以他就放松警惕了。这间屋子的情调，在他看来，很有点儿松尾芭蕉的味道。"日本有老处女吗？"她反问他。他一时愣住了，他还真不知道日本有没有老处女，他对日本女人的了解，也就限于川端康成的《伊豆的舞女》了，还有就是渡边淳一的《失乐园》。"老处女是英国的特产，喝下午茶和莎士比亚一起享誉世界。"他差点儿就笑了，把老处女和莎士比亚相提并论，倒也别致。"为什么呢？"他停了咀嚼，看向她。"大概老处女也和植物一样吧。"她想了一下说。他等着她说下去，关于老处女和植物之间的共性。然而她却不说了，专注地吃起碟子里的肠粉来。她点的是虾仁肠粉，粉红色虾仁肉和翠绿色香葱碎鹅黄色生姜丝裹在薄薄的晶莹剔透的奶白色粉皮里，有一种池塘春草园柳鸣禽般的美。那时他们已经坐在苏圃路的一家肠粉店了。是他先开口的。她侧了身子从他身边过去时略略地笑了一下。那么，她是认出了他的。一开始他还以为她没有认出他呢。他进去时她就在书店了，坐在角落里的一张单人丝瓜绿色布沙发上，青蓝色衣襟笔直的后背，头发绾了上去，用一根芥末色木簪子横插了。沙发用得着这么正襟危坐的姿势吗？真是奇怪的女人。他愣了一下，突然有一种似曾相识之感。他想起那个下楼梯时走在他前面的笔直的背影。那样笔直的颈背其实是不多见的，女人走路一般都风摆杨柳，或者"风摆粗杨柳"。大学时他们班有个成都女生，叫小宣，走起路来一扭一扭的，总喜欢来他们宿舍找老三，但老三总躲着她。"快回来，'风摆杨柳'找你呢。"总是老大给老三打电话。"什么'风摆杨柳'？'风摆粗杨柳'差不多。"小宣腰粗。所以老三说小宣的"风摆杨柳"不是《诗经》里"昔我往矣，杨柳依依"的杨柳，而是《水浒》里鲁智深在菜园子里倒拔的那株粗杨柳。后来班上的男同学都叫小宣"风摆粗杨柳"了。但老三夫人的腰看上去似乎也不比小宣细多少。假如他是个多话的人，他可以问一问老三，你不是一直标榜"楚王好细腰"的吗？怎么最后还是找了个"风摆粗杨柳"呢？如果他真问的话，老三估计会下不了台吧。也可能不会。老三那么伶俐的人，说不定能应对得很好。"'风摆杨柳'是浪漫主义，'风摆粗杨柳'是现实主义。"或许老三会打着哈哈这么说："你要用发展的眼光看世界。"也或许老三会打着哈哈这么说。这是他的习惯，想象一些没有发生的对话来自娱自乐。书店又小又狭，在旧书与旧书之间的桌子和架子上，琳琅满目地摆满了一些乱七八糟的东西，旧相框呀，帆船或林间小路风景油画呀，放大镜呀，沙漏呀，还有些不知是什么玩意儿的东西。他偶尔会瞥一眼她，不是男人瞥女人的那种瞥法，而是人类瞥猫狗的那种瞥法——假如边上不是一个女人，而是一只猫一只狗，他同样也会瞥一眼的，不，如果是猫狗，他会瞥上更多眼呢。"怎么还没动静呢？"大概就是这种心理。因为她一直都没有动静。好像她不是一只动物而是某件静物，木架上雕塑之类的东西。直到午饭时间，老板要打烊了。虽然不是平时打烊的时间。但老板不解释，他也没问。他是老顾客，逛"侘"已经好几年了，但和老板也没有成为朋友。这也是他对这家店有好感的原因之一。比起容易熟络的人，不知为什么，他更信任或者说更习惯疏远一点的人。也是因为她的疏远吧？他们一前一后出来时他突然鬼使神差般问："前面有一家肠粉店，要不要一起去？"他自己也有点被自己的主动吓到了，没想到自己是这种人似的，她却淡定地"嗯"了一声——好像他们一起去吃饭是自然而然的事情。后来的单是她买的。结束时他到前台去买单，女服务员用八大山人笔下鸟那样的白眼看他一眼，然后努努嘴说："那个女的已经买了。"他有点疑惑，什么时候买的呢？好像中间她起身了一回，他还以为她是去洗手间呢，她当时是朝卫生间方向走的。可能是上了洗手间之后过来买的吧。要不要把钱给她，他略略犹豫了一下，还是算了。肠粉而已，犯不上两个成年男女推来搡去的。

然而他是男人，"彼君子兮，不素餐兮"的美德还是有的，于是就有了第二回。她仍然是一个"嗯"。倒是不客气。然而她这种极简主义的不客气正好对了他的路子。王周末说，你们俩在一起，就是一道小葱拌豆腐。他当时只当是一句好话，以为是说绝配的意思，后来才体会出其中可能的贬义——是素与素的寡淡无味。他回请的地方叫随园。有点儿奢汰，以他的消费能力而言。但"投我以木瓜，报之以琼琚"是他家的家教——相对于苏圃路的肠粉店，随园可以称得上是琼琚级别吧？她却一点儿也没有受宠若惊的反应，而是受之泰然。不是苏小蓝的那种泰然，苏小蓝是习惯了好地方的，越是好地方她越是会表现出宾至如归的轻松自在，而一到差一点的地方吃饭，她明明是不适的，却会做出一副降贵纡尊的不介意；而他的前一个女友元敏，正好倒过来，去略微好一点的地方，就会让她坐立不安，点略微贵一点的菜，也会让她坐立不安。"不用不用。"如果先问她，她总要这么说。好像也不是客气，而是已经不把自己当外人的精打细算，一副相濡以沫的贤良淑德——这也让他恼火，怎么说呢，有点儿吓着他了，好像他们要这么"贫贱夫妻百事哀"地过一辈子了。

　　而孙庭午的泰然是一种心不在焉，她虽然坐在这儿，但整个人的精神状态完全是一副"我所思兮在远方"的样子，这让他松懈，像阿普唑仑片——他床头抽屉里常备一瓶阿普唑仑片的，他偶尔有失眠的毛病。

　　不过他后来知道，她的心不在焉，有时是真的，有时也是假的。

　　比如那天在老三家的露台上，她看着也很心不在焉呢，但其实当时她很烦躁的，她后来告诉他。她和老三夫人是一个办公室的，两人面对面坐了好几年了，彼此应该知根知底，竟然还给她介绍粉紫色衬衣男这类男人。"人家庄处很有发展前途的。"老三夫人事后对她解释，故意要把好货色留给她似的。鬼才信，还不是小看了她。那个粉紫色衬衣男，显然也没看上她，虽然被老三夫妇安排坐在她身边，却一个劲儿去偷瞄坐在斜对面的项丽丽，人家项丽丽的儿子都六个月了，正是哺乳期，胸脯尖挺得像雨后破土而出的春笋。老三夫妇好几次试图拨乱反正，要把他的注意力转向她——这也是她烦躁的原因，本来他瞄他的，和她有什么关系？但因为老三夫妇的一而再努力，大家恍然大悟般地都来帮她的腔。来的几个女人，都是有夫之妇，只有她和董沙白未婚。所以她们那天的使命就是要促成这两对。这也是她们的一个乐子，时不时地搞一次这样的见面会，给无聊的生活增添一些意思。她有时成全她们，有时不成全，看心情。董沙白身边的男人，也就是他，倒是还好，不苟言笑，神情冷淡——至少没有像粉紫色衬衣男那样油腔滑调，也没有下流地去瞄人家项丽丽的胸。她不明白为什么老三夫妇把他安排给董沙白而把粉紫色衬衣男安排给她，这不是乱点鸳鸯谱吗？什么眼神呀！她烦躁得不行，站在老三露台上还在想这事。后来明白过来，可能是身高的缘故。一米六八的董沙白，对于粉紫色衬衣男来说应该太高挑了。而她一米六出头，又长得"过于普通"——"过于普通"也是某个和她相过亲的异性反馈回来的评价，在老三夫妇看来，她这样的长相和粉紫色衬衣男更般配吧？都属于走在人群里会消失不见的那种麻雀型男女，如果成了，就可以比翼齐飞。可让他们夫妇没想到的是，两只麻雀还互相看不上。

老三夫妇也不想想，如果不是两只志存高远的麻雀，他们的婚事怎么可能会延宕至今？

是老周那句"乏善可陈"让他下定决心要和孙庭午结婚的吗？一种"弑父"意味的作对？之前的苏小蓝，老周的评价是"巧笑倩兮"，再之前的元敏，老周的评价是"美目盼兮"。他讨厌老周对儿媳妇长相的过于上心。几乎有越俎代庖的不合适。姆妈倒着来，不喜欢苏小蓝——"怎么笑得那么不庄重"，也不喜欢元敏——"她是不是斜眼？看起人来怎么是那个样子的。"但对孙庭午没意见。老周的"乏善可陈"到她这儿就成了"朴素庄重"。这不奇怪。他们两个人，喜欢事事抵牾着来。他其实也信不过姆妈。姆妈对女人的判断标准只有一个，那就是"庄重不庄重"，庄重的女人就可以当他家的媳妇，不庄重的女人就不能。这与其说是深思熟虑之后确定的标准，不如说是对父亲的反动。说到底，老一辈的人，还是更感情用事。他们这一代，其实比上辈活得更理性。

王周末问他"为什么选孙庭午不选苏小蓝"。为什么呢？后来他也琢磨过这事，不能说和父母没有一丁点关系，也不能说和姚莪没有一丁点关系，但关系也就那样。当苏小蓝对他说，"你去看《尤里西斯》呀"，他果然看了，走马观花般看，看了之后，才明白"姚莪是莫莉那样的女人"原来不是一句好话，莫莉那么放荡，那么堕落。可她们不是闺密吗？就算姚莪和莫莉之间有可比性，她不应该为闺密讳吗？可苏小蓝倒好，不讳也就罢了，还故意用一种卖弄学问的方式进行诋毁，这实在不地道了，甚至可以说恶毒。"《尤里西斯》看了吗？"后来苏小蓝不止一次问他，"在看"，他每次都这么敷衍说。"你直接看最后一章就可以了。"苏小蓝急不可耐似的。她想干什么呢？难道想和他一起类比姚莪和莫莉？还是想和他一起类比王周末和布卢姆？苏小蓝有一回也说过王周末有点儿像布卢姆呢。这说法他尤其不爱听。太恶毒了！她是在暗示王周末也像布卢姆一样对绿帽子无所谓吧？怎么能在他面前这么损他的朋友呢？即使是姚莪——他虽然对姚莪的看法不怎么样，但他也不想和苏小蓝谈论这个话题。他从来没听到过姚莪说苏小蓝的不是，每次姚莪都是说苏小蓝如何如何好。这方面姚莪倒是比苏小蓝天真正派。他对苏小蓝愈加反感了——他本来对苏小蓝频率过高的"一张一合"下意识里已经有点厌烦了。

这大概是他"为什么不选苏小蓝"的理由吧。

"选"这个字眼有点儿可笑，好像皇帝选妃似的。但这些年要给他介绍女友的人真是不少，似乎随着年龄越大，他行情越看涨似的。对那些趋之若鹜的介绍，他大都一笑了之。

"你现在是奇货可居。"王周末说。

他也纳闷，年轻时好像也没这么抢手过。是不是条件好的女人，容易生出钱锺书笔下苏文纨那样的毛病，"那时候苏小姐把自己的爱情看得太名贵了，不肯随便施与。现在呢，宛如做好了衣服舍不得穿，锁在箱子里，过了一两年忽然发现这衣服的样子和花色都不时髦了，有些自怅自悔"。

现在这些因为锦绣华年不再而自怅自悔的苏小姐们，又迫不及待地想把自己的名贵爱情拱手相让出去了。

所以王周末问他"你为什么不选苏小蓝而选孙庭午？"——他行情确实已经好到可以随便"选"了呢。

对于这后半个问题——"为什么选孙庭午"，说老实话，他也不知道为什么。有些事情不一定有清晰的理由。就好比到书店买书，有的书他拿在手上左看右看半天，差点儿就买下了，可最后还是放下了。而有的书也没怎么仔细看就随便买了——不能用一见钟情那种老套的说辞，更不能用屈原"满堂兮美人，忽独与余兮目成"那样古典的说辞，没有那么浪漫和浮艳。就那么不要了，就那么要了。他这个人总这样的，经常在一件事上"to be or not to be"半天，很慎重的样子；又经常很容易就"to be"或"not to be"了。或许优柔寡断的人都是这样的吧？某个时候突然对自己的优柔寡断不满或者说不耐烦起来，于是反而比别人更决断或草率些。

"因为什么呢？"

老周和王周末一样，对他选了孙庭午有一种推己及人的大惑不解。自身条件这么好，"玉树临风"呢，"蔚然深秀"

呢，为什么要找一个"乏善可陈"的女人？老周觉得儿子吃亏上当了。所以直到结婚前一天晚上，还背了姆妈对他说："现在反悔还来得及。"

他后来也琢磨过，一直那么审慎的他，怎么轻易就看上孙庭午了呢？

他买书有一个习惯，就是对那些封面上空荡荡除了书名和作者什么也没有的书更容易下手，而那些加了华丽腰封并且在上面写了"谁谁谁倾力推荐"或者"本世纪最伟大的作品"之类花里胡哨广告语的书总是更警惕，甚至说更排斥。

选孙庭午是不是出于同样的道理？

婚后的生活比较平淡，这是意料之中的。你不能指望买一个白萝卜回来，然后从白萝卜里吃出肉的味道来。何况他本来对肉也没有多少兴趣。他和王周末比邻而居，王周末家两口子都偏爱肉食，即使后来王周末开始借故到他这边来磨蹭时，王周末家饭桌上也还是肥鱼大肉，是真正意义的大肉，而不是象征意义的。不像他家。"这是什么菜？"有时他们家正吃着饭呢，王周末过来了，很不见外地往饭桌边的那张方凳上一坐——那张深蓝色塑料方凳一直是王周末的专座，原来有两张，他一张，王周末一张，两人经常面对面坐了对弈，或对酌。结婚后孙庭午想都扔掉的，旧了，也和后来买的两张胡桃木新椅子不太搭。而且他们还住在原来的学校公寓里，六十几平米，容不下多余的东西。但他想留下一张。"搁阳台用吧。"

他说。孙庭午也就不再坚持扔了。这是孙庭午的好，不固执。后来蓝色塑料方凳并没有搁阳台，王周末天天来，犯不上端来端去麻烦。孙庭午也没有拿这个来说事。"你不是说搁阳台的吗？"如果是他姆妈，之后一定会这样冷嘲热讽，甚至兴师问罪。他能想象姆妈得理不饶人的样子。也能想象老周梗了脖子的颉之颃之。王周末坐下后，扫一眼桌上，就开始呵呵呵地点评起他家的菜来，"这是什么菜？"王周末指了其中一个小碟子问，总共也就两个碟子，通常还有一个西红柿炒蛋，或者黄瓜炒蛋。"牛肉丝炒芹菜。"他说。"牛肉呢？"王周末问。他莞尔，这才是王周末用意所在，之前"这是什么菜？"不过是请君入瓮之法。每次都这样，王周末问，他答，演双簧似的。他们两家饭桌上的画风完全不同，他家是素简的"瓠叶风"，而王周末家是穷奢极欲的"鱼丽风"。明明只有两个人吃饭，但饭桌上什么时候看起来都是一副"我有嘉宾"的排场。王周末那句"牛肉呢？"并非看不出那是芹菜，而是揶揄"只见芹菜不见牛肉"而已。对孙庭午来说，用肉丝炒菜就算荤了，她又细致耐心，肉丝总是被她切得绿豆芽一般纤细，王周末简直看不下去。他倒是无所谓。但还是会配合王周末玩一玩"这是什么菜"的游戏，像下棋一样。这种时候一边的孙庭午就面无表情吃她的饭，一声不吭。刚开始还会客气地问一句："王老师要不要来点儿？"她一直叫王周末王老师的，不论王周末如何反对。"叫什么王老师？叫老王，王周末也行。"但孙庭午就是不叫老王或王周末，而是坚持叫王老师，硬是要把亲密叫成生疏。王周末也就没辙了。比起孙庭午，王周末还是更喜欢苏小蓝的。并且时不时地会做一些"如果是苏小蓝"他的生活会如何如何的设想。好像他自己娶了一个姚莪还不够似的。说起来男人都喜新厌旧，其实呢，那些新也不是什么新，不过是西西弗斯的一再重复而已——至少在他看来，苏小蓝和姚莪大同小异，不过版本不同而已。

当王周末说"如果是苏小蓝"的时候，如果姚莪也在边上，就会很热烈的帮腔，两口子你一句我一句，鸾凤和鸣般替他描绘出一幅和苏小蓝过婚姻生活的美妙图景。好像他和孙庭午结婚，不单破坏了他自己的生活，还破坏了他们夫妇的生活，或者说，他们夫妇重建生活的设想。他们原来指望苏小蓝加入后，可以经常四个人一起活动，来拯救他和姚莪已经疲软下来的婚姻生活，同时也未雨绸缪地预防或者说减缓他和苏小蓝婚姻生活疲软的速度。这话王周末没有直说，但意思是那个意思。苏小蓝是姚莪的闺密，王周末和他也是闺密——算闺密吧，如果"闺密"这个词也可以用来形容男性友谊的话。所以他们完全可以构建一个四人小团体，以此来与已经到来和必然到来的疲软对抗。他们可以"一起去看江景"，"一起去吴城观候鸟"，"一起去鄱阳湖看蓼子花"，王周末说。王周末本来不是饶舌的男人，但可能对这事太热衷了，所以话语竟然也盎然起来。"看江景？又去看'落霞与孤鹜齐飞，秋水共长天一色'？""去吴城观候鸟？学校不是也有鸟吗？我们公寓后面的枇杷树上就有麻雀，站阳台就能看呢。""蓼子花有什么好看的？"王周末说一句，姚莪也说一句。"那就去洛阳看牡丹，或者去武大看樱花。"王周末大方地说。他情绪好，不想和姚莪争执。再说看花不过是个由头，看什么花不一样呢？没必要有门户之见。"到武大看樱花？干脆就在我们学校看得了，学校主教前不是也有樱花吗？"姚莪白一眼王周末说，她不止一次对王周末说要去日本看樱花，王周末显然都当耳边风了。"有毛病？看个花，还要坐飞机去日本。"王周末和姚莪在地理上永远达不成共识的，一个总要尽可能远，越远越好；一个总要尽可能近，越近越好。拿公寓里物理系杨博士的话来说，他们一个离心力大，一个向心力大。或者拿研究泰戈尔的俞教授话来说，他们"一个翱翔天际，一个深潜海底"。大家喜欢谈论王周末和姚莪。在姚莪和西班牙外教闹出了那种事情之后，王周末夫妇差不多就成了学校的公众人物了。有一段时间，大家一见面就会聊到他们，当然不是大鸣大放地聊，而是含蓄晦涩言简意丰地聊，隐喻呀象征呀借代呀用典呀，什么修辞手法都能用上。这样效果更好呢。反正娱乐目的达到了，又不会授人以柄，还相对保持了学院派的水准和体面——即便同样是八卦，学院里的八卦也应该比弄堂里的八卦来得诗意和风雅，要羚羊挂角，无迹可寻，要不著一字，尽得风流。作为王周末的朋友，他当然知道王周末和姚莪一个喜欢远一个喜欢近，但姚莪的那些反话——"又去看'落霞与孤鹜齐飞，秋水共长天一色'？""站阳台就能看呢。""干脆就在我们学校看得了。"——可不仅仅是在说地理的远近，还有经济意义的所指，她在讽刺王周末小气呢。姚羡一直嫌弃王周末小气的。姚羡认为王周末之所以只挑近处的风景看，固然有四体不勤的原因，更主要还是舍不得花钱——他提议的那些风景，全都在这个城市及这个城市周边，既不用坐飞机，也不用坐高铁。看那个"落霞与孤鹜、秋水共长天"江景，骑个共享单车就可以；看候鸟和蓼子花呢，骑共享单车就有点勉强了，但也只需要半天的自驾游，几十公里的汽油钱四个人头均摊下来，花费也就不多了。姚羡的反话，王周末自然听懂了，因为她可不止这一次这么说，而是一有机会就这么说，有时还会用英语说："You are so generous！"王周末早就习惯了对她的话置若罔闻，兀自沉浸在对四人活动的幸福设想中，"一起去随园吃熏煨肉和油焖笋，还有八宝豆腐"。听到随园的熏煨肉油焖笋八宝豆腐，姚羡激动地一连声说"是呀是呀是呀"。这个"是呀是呀是呀"不是反话了，而是情不自禁地附和。吃现在是他们夫妇最大的共同爱好。他们夫妇在经济上一直是分开的，家里的开销一人负担一半，其他开销，比如各自的人情应酬，还有爱好，就各自负担。他总觉得，这也是后来他们夫妇关系由如火如荼转向不冷不热的原因之一——另一个原因就是后来他们性生活也出了问题。至于这两个原因哪个是主要原因哪个是次要原因他就不得而知了。姚羡的经济一直入不敷出，她衣着华丽光鲜，又热爱过社交生活，为了方便过社交生活又不顾王周末的反对自作主张买了辆红色Polo，因为是姚羡自作主张买的，王周末就不肯负担Polo产生的开销，于是姚羡的工资根本不够用。而王周末的经济也好不到哪里去，虽然他在姚葼大手大脚花钱时会说姚葼"打肿脸充胖子"，或者"绮而实质"——说"绮而实质"时更多些，带有事不关己的文学批评意味。王周末这么批评姚葼的时候，他一般不予置评。在他看来，他们夫妇经济生活的现状也差不多，半斤八两，都可以用"绮而实质"来描绘，只是"绮"的方面不同而已，一个"绮"在穿，一个"绮"在吃。王周末在吃上面舍得花钱，不是一般的舍得，而是非常舍得。李白诗歌里，他最击节赞赏的是"五花马，千金裘，呼儿将出换美酒"那一句；古代诗人老婆里，他最喜欢元稹的老婆，因为元稹老婆可以"沽酒拔金钗"，一个舍得用自己金钗为老公沽酒喝的老婆，是天下最好的老婆。而姚葼不行，还想她为老公金钗沽酒？做梦吧！老公为她酒沽金钗还差不多，王周末说。王周末倒不太贪酒，但是贪美食，和张岱一样。张岱不是在墓志铭里写他"好美食"吗？当然，张岱这个人比较贪，好的东西多。"好鲜衣好美食好骏马好华灯"，好一大长溜呢，数下来有十七八个好，刻在墓碑上，按字付匠人工钱的话，要花不少银子。他简单，只好一样。如果死后也像张岱那样写墓志铭的话，就不必写那么多字了，只需要简单三个字——"好美食"，就解决了。姚葼说："三个字怎么行呢？前面至少还要有'某某某，生于哪一年，卒于哪一年'吧？不然，回头我拿美食来祭奠你，你吃不到哇。""对呀。"王周末一拍脑袋，"我怎么把这个忘了呢？那再在前面加上'王周末'三字，生卒年就免了。"王周末"欸"一声，突然想起什么似的说，"姚羡，如果要给你刻墓志铭的话，用蝇头小楷刻可不行。""为什么？""你好的东西太多了呀，比人家张岱还多呢，所以蝇头还是太大了——你知道吧，大的丽蝇有两厘米长呢，小的家蝇也有一厘米，用蝇头小楷刻的话，一块墓碑哪儿刻得下？""那你就给我买两块墓碑呗，舍不得？"他发现，只要有他在场，他们夫妇更喜欢斗嘴皮子。姚羡也说："王周末在家里是死鱼一条，在你这儿才活泛起来。你们俩应该结婚的。"他笑。王周末在他这儿确实更活泼。如果苏小蓝在场，就更活泼了。在他和苏小蓝交往的时候，他们四个人一起出游过几次的，每次气氛都不错。这也许是他们夫妇一直期待着搞四人出游的原因。人人都爱快乐的时光。但现在搞不成了。因为孙庭午不是苏小蓝，苏小蓝虽然在背后对他说"姚羡是莫莉一样的女人"，但当面还是和姚羡亲亲热热的，特别对王周末，还会时不时地"巧笑倩兮"一下。这只是女人扬长避短的小伎俩而已，他认为，苏小蓝不是有一口"齿如齐贝"的牙齿吗？所以就养成了爱笑的毛病。女人们不论老少都会这个的。他姆妈也擅长这一套呢。姆妈头发多——到他们这个年纪，大多数人头发都已经稀疏得和杜甫一样了，"白头搔更短，浑欲不胜簪"，所以姆妈头发多就算一个长处了，为了扬长，姆妈于是三天两头就要炫富般洗头，不在卫生间洗，而在阳台洗，不停地吆喝着让老周帮她拿这拿那。老周似乎也乐意得很，姆妈让递毛巾就递毛巾，让拿梳子就拿梳子，有时还会屁颠屁颠地站在姆妈背后帮姆妈梳头。惹得对门的郝阿姨酸溜溜地说："为撒侬则头像则花菜啊？"郝阿姨是上海人，头发早就"不胜簪"了。还有系里的教务员小管，因为手指长得好看，所以和男老师说话时，手势就特别多。也不是要在哪个男人面前卖弄风情，不过是习惯成自然而已。但男人想必还是很受用。所以老周就很满意苏小蓝，那时一再追问他："什么时候去小苏家见小苏父母？"王周末也很希望他娶苏小蓝，不止一次打听他和苏小蓝"进行到什么程度了"，似乎都比他着急。他知道王周末没别的意思，就是有苏小蓝在的时候他更快活而已。王周末就喜欢这种不劳而获的边际快活，不喜欢要自己花气力的快活。但他和孙庭午结婚了，四个人一起出游的幸福设想就成了肥皂泡。

所以他们夫妇很懊恼，逮了机会就忍不住要说"如果是苏小蓝"这种话。

令姚莪最懊恼的是"一起去随园吃熏煨肉和油焖笋，还有八宝豆腐"成了肥皂泡，姚莪喜欢吃随园的熏煨肉，喜欢吃随园的油焖笋，喜欢吃随园的八宝豆腐，应该说，随园的菜姚莪差不多都喜欢吃，随园的菜虽然"so delicious"，但也"so expensive"。姚莪不小气，和同事去吃的话，她总是抢着买单的，也总能抢成功。这一点和苏小蓝不同，苏小蓝也抢，或许是个头不高力气小，也许是更多一些淑女的优雅，一般抢不过姚莪，所以十次里会有七八次是姚莪买单——毕竟她俩在一起吃饭的机会最多。不过，和王周末去随园吃饭就不用抢了。王周末在其他方面花钱会和她计较，在吃上面不计较。

"想吃什么点什么。"王周末说这句话时那个风度翩翩。她当初就是被他这句话征服的。学校里的男老师课堂上一个个神采飞扬纵横捭阖，但一到请客吃饭，就猥琐了。像王周末这种有男性气概并且将这种男性气概持之以恒的，少之又少，绝对凤毛麟角。姚袅喜欢这个时候的王周末，并且因为这个时候的喜欢，多少弥补其他时候的嫌弃。这也是姚袅为什么会期待四人出游的原因，也是姚袅为什么不太喜欢孙庭午的原因。

可一开始姚袅还有和孙庭午交朋友的意图。既然住隔壁，老公又是好朋友，两个女人不交往，挺别扭的。看孙庭午的样子，是打算"老死不相往来"了。学外语的女人大方，于是主动约过两次孙庭午去明德路逛。明德路有几家不错的小店，专卖日韩服饰和化妆品，以前她老和苏小蓝逛。但现在苏小蓝和她疏远了。当然是因为他的关系。不方便了。碰上了说什么呢？苏小蓝不是那种纠缠的女人。比他还先撇清呢。当姚袅为她愤愤不平时，她赶紧表白："我和他没什么的，就是一般朋友。"

这是高校女人的好，自尊心强，决不会在这种事情上向男人讨说法。之前元敏也是如此，他和元敏在一起两年多呢，男女之间所有的事情都做过了，最后也是那么不了了之了。

虽然不是他提的分手，而是元敏提出来的。

他不知道元敏是不是在用王周末所说的"死谏"，但他知道，如果那时他要挽留的话，元敏就不会走了——应该不会走吧？

对于姚莪两次的主动邀约，孙庭午都婉拒了，一次说她有事，另一次还是说她有事。

第一次姚莪还真以为孙庭午有事呢，直到第二次才反应过来，人家这是推搪呢。她所谓的"有事"，就是坐在阳台看小说。两家的阳台只隔了一个半人高镂空铁栏杆。姚莪午睡前到阳台晾拖鞋时看见孙庭午坐那儿看小说，午睡起来端了咖啡去阳台又看见孙庭午坐那儿看小说，没有一个字的解释，也没有一点点讪讪之意。

姚莪的自尊心受到了伤害，再也不约孙庭午了。

至于四个人一起到随园吃饭的建议，孙庭午也是一副勉为其难的样子。"我本来打算晚上吃馄饨的。"她看着水池里早上买的一小把青翠碧绿的芫荽又为难又惋惜地说。周末她偶尔会包馄饨，用芫荽豆丝虾皮，有时是芫荽萝卜丝牛肉。老周对芫荽虽不至于像汪曾祺那样讨厌到"以为有臭虫味"，却也谈不上喜欢。但他从来没说过什么。

婚姻大概就是这样的吧，就算一个人不太爱吃芫荽，但因为另一个人爱吃，所以不得不也要吃它。

"馄饨就留到明晚再吃吧。"老周说。

她没再说什么，仔细地把芫荽用保鲜膜封好，搁进冰箱冷藏了起来。

那回是王周末请的。他在随园微信公众号里看到一道新推出的菜——云林蒸鹅，是大菜。两个人去吃的话，就算姚莪和他的胃口都不小，那也可能吃不下。王周末不爱打包剩菜，嫌味道会走样。那么懒的一个人，但在吃方面却从不偷懒。

而且，饭桌上多个女人，气氛会更好。

但王周末没想到的是，不是所有的女人都会让饭桌上的气氛更好的。

反正那次之后，王周末就再也不提和孙庭午一起吃饭的事了。

女人和女人大不一样。姚莪一看到色香俱全的菜端上桌立马会兴奋起来，会急不可耐地伸筷子，会发出"哇哇哇"的赞叹声，苏小蓝就略略矜持一点，那也会"巧笑倩兮"个不已。但孙庭午的反应——是压根没有反应，从头到尾，她脸上的表情，都是该死的"淑女表情"。

"淑女表情"是姚莪小声嘀咕的，她显然和孙庭午合不来。

"味道怎么样？"王周末挑衅似的问孙庭午。

好像孙庭午的一声不吭大大冒犯了他请的云林鹅似的。

"挺好。"孙庭午平淡地说，一边低头用纸巾仔细地擦着手指。

什么叫没劲？这就叫了。

王周末看一眼他，一副很同情的样子。

之后有一天，他们下着棋呢，在他家。孙庭午白天不在家，市图书馆在老城区，离他们学校有点远，她中午不回来，在单位食堂吃。所以半上午或半下午时分，如果他们都没课，王周末就会过来。他很少去王周末那边，一是因为他性格比较

被动，没有主动找谁干什么的习惯；二是也不太方便，因为姚
莪不爱收拾，家里总是乱七八糟，不知道什么地方会看见什么
东西。有一回他问王周末借本书，王周末让他自己到书架上去
取。就在他要取的那本书前面搁了一块抹布——他以为是抹
布呢，所以就随手拿了起来揩拭书本上端的灰，那本书王周末
想必很长时间没去碰了，上面积了一层黑灰呢。抹布却滑溜溜
不好使，他两手抻开一看，根本不是抹布，而是一条华丽丽的
黑色丝绸女内裤，白色蕾丝边，中间还镶了亮晶晶的小金属
片。他吓得赶紧扔回去，像扔一颗手榴弹。他真是不明白，内
裤怎么会跑到书架上呢？在柜子上也可能，在沙发上也可能，
但跑到书架上就莫名其妙了，就——不成体统了。当然，这
不成体统的说法可能有点儿严厉了，因为他们公寓这种住处，
私密性真的很差，稍微不注意，就容易里外不分。之后他更不
去王周末那边了。

　　王周末到他这边决不会遭遇类似的尴尬。孙庭午的内衣
绝不可能出现在客厅的书架上，也不可能出现在任何不合适的
地方，只可能出现在衣柜最下面的左边抽屉里，右边的抽屉里
是他的内衣。柜子是三斗柜，左右各有三个大抽屉，左边是
她的，右边是他的，分得一清二楚。一层搁衬衫，一层搁短袖
T恤，一层搁内衣。袜子搁两个藤编篓子里，灰绿色碎花棉布
衬边的篓子是她的，卡其色帆布衬边的篓子是他的。裤子裙子
大衣什么的，另有一个挂衣橱放，也整理得有条不紊，一丝不
乱。这方面孙庭午真是仔细。"有点儿太仔细了。"后来她姆妈

说。本来孙庭午是她姆妈满意的人，在他家住了一段日子后，也在他面前抱怨了。

但老周正好相反，虽然在他结婚前说"现在后悔还来得及"，但结婚后对孙庭午一直挺好，也几乎没有说过孙庭午什么不是。

只有一次，是女儿蓬蓬出生的时候，老周看姆妈怀里蓬蓬的表情，就好像在看一张学生考砸了的试卷那样，脸上有一种掩饰不住的失望。

孙庭午还以为老头有男尊女卑的封建思想，但他知道，老周的失望不是因为蓬蓬是女孩，而是因为蓬蓬长得和孙庭午一模一样，都是单眼皮，都是细长的脸，都是抿得紧紧的薄嘴唇。

那时候，他们已经从学校公租房搬到香榭住了，三室两厅的房子，还算宽敞。他本来打算买小一点的，工作这么多年，虽然也有一点积蓄，但相对于这个城市扶摇直上九万里的房价，那点儿积蓄也就只够在学校附近的某个小区付个小两居的首付。他父母这方面是帮不了他的，他也从来没指望过他们帮，两个退休中小学老师的那点儿工资，又不是对面郝阿姨那种"一块豆腐都要分成两顿吃"的精打细算过日子的人——"一块豆腐分成两顿吃"是姆妈讥笑郝阿姨家生活的金句，老周对姆妈这个金句还是挺欣赏的，虽然没有妇唱夫随，但表情差不多是夫随的表情，所以受到鼓励的姆妈把这个金句繁衍出了一个系列——"一条小鲫鱼分成两顿吃"、"一根莴苣分成两顿吃"。老周虽然不像姆妈那样关心邻居家的厨房生活，但他对郝阿姨家的阳台生活是很有意见的。怎么能在阳台上养鸡呢？搞得阳台上总是一股子鸡屎味，尤其是春天，春天东风多，她家又住东边。"小楼昨夜又东风"，老周差不多有李煜的哀怨了。然而老周一边对郝阿姨家的生活方式有意见，又一边欣赏郝阿姨持家有方。特别是当郝阿姨的儿子在上海买房子时，郝阿姨一下子就拿出了几十万元。"我们家怎么就没存下钱呢？"老周问姆妈。老周的工资都是交给姆妈管的，所以这句话在姆妈听来，就有指责她不会持家之意。姆妈气得当月就把工资卡丢给老周了，还有菜篮子——"你来管家。"老周吓得赶紧推辞，"不不不，还是你来。"其实，当郝阿姨拿出几十万给儿子时，不仅老周有点儿沮丧，估计姆妈当时心情也不太好的。中国的父母都这样吧？儿女即使长大成人了，道理上也知道他们应该自食其力了，却还是放不下。尤其看到别人家的父母大刀阔斧帮儿女时，就内疚得不行，心虚得不行，仿佛犯了错的学生。他们甚至从来都没过问他买房子的事情。"你们学校的公寓房还挺好的，当初我们结婚时，还住单间呢，连卫生间厨房都没有。"有一次姆妈这么说，那意思，他也可以在学校公寓结婚生子。他自己倒没怎么想过这个问题，反正就那么住着，没觉得多好，也没觉着多不好，要不是孙庭午说起买房子的事情，也就那么住下去了。"人生到处知何似，应似飞鸿踏雪泥。"反正最后都是了无痕迹，在哪儿寄生不一样呢？但孙庭午说买房，他也不反对。两人都参加工作不少年头了，积蓄凑一凑，再用公积金贷点款，买个小两室一厅，应该也可以。他没想到孙庭午这么大手笔，一下子就要买三室两厅。"懒得再折腾了。"孙庭午说。他心里还是有些顾虑的，怕从此当上房奴了。但孙庭午看了香榭的房子之后就是一副"就这儿了罢"的姿态，他也就不说什么了。结婚后他就把自己的存折和工资卡交给孙庭午了。所以他们能买多大的房子，孙庭午自己应该有数，他想。好像孙庭午的父亲是出了一部分钱的，至于出了多少，孙庭午语焉不详。她不太爱说她家的事。她母亲在她小学时就去世了，父亲再婚，孙庭午又有了一个同父异母的弟弟。她读大学就离开了那个家，之后和那个家也没什么来往，反正也不在一个城市生活，所以不来往也说得过去。她父亲在银行工作，还是副行长什么的。有一回到他们这个城市出差，过来看他们——那时他们还住在学校公寓里呢，孙庭午说单位有事，没回来，让他招待一下。他带着她父亲到学校转了转，她父亲话也不多，两个人几乎是默默地走完了学校那条迤逦的海棠小径，那条小径春天是很美的。"陌上花开，可缓缓归矣。"有一回王周末还和他这么调笑过，当时他和苏小蓝在一起。其实那条小径他和王周末走得最多了。总是傍晚时分，天还大亮着，王周末因为吃得过饱，需要消消食，"行个散如何？""行呗。"海棠小径一边是教学楼，一边是湖，他们慢慢走个来回，王周末胃里的食就消化得差不多了。很惬意的事情。王周末和他有时聊几句，有时也不聊，并不觉得那条小径有多长。但那天和孙庭午父亲走，他走出了一身汗，头一回觉得小径尽头的那栋红色小楼像卡夫卡的城堡似的，总也走不到头。孙庭午的父亲临走时似乎也松了口气，很客气地对他说："有事就打电话吧。"是不是孙庭午后来打了电话呢？这事孙庭午没有和他商量，他也就没问。

香榭是高档小区，不是金碧辉煌的那种土豪风高档，而是有文化的闷骚风高档。有一回他听到姆妈在电话里这么对小姨妈说。姆妈是小学语文老师，说起话来会故意用一些家庭妇女不常用的词语。他觉得好笑，什么叫闷骚风高档？"你知道你家对面住的宋先生做什么的？人家是《都市报》的主编欸。"姆妈大惊小怪地说。他哪里会知道对面住的男人是主编，更不知道人家姓宋。而父母过来不到一个月，就认识了不少人。不单对面的宋先生，还有楼上的姜画家。他之前只知道楼上的那个女人养了一只猫，因为女人下楼取快递时那只猫会跟在她身后。他和那只猫每次见面倒是会对视几秒钟的，仿佛他和它才是邻居似的。他喜欢看那只猫的眼睛，琥珀似的通透。也不知道他在猫的眼里是什么样子，那样的凝视总是有含义的吧？"姜画家是画绘本的，几米那样的绘本欸"。姆妈骄傲地说，好像住在一个画几米那样绘本的画家楼下，多光荣似的。姆妈就这样，有一种小地方人天真的世故。"至少你家没有养鸡的邻居。"老周虽然没有姆妈那么喜形于色，但他也很满意这个小区里人的高素质。

他觉得父母真是可笑，看不上养鸡的，却看得上养猫的，好像养猫和养鸡有多大区别似的。

莜莜出生后，他父母过来帮忙。一开始并没打算这样，他们试着请过好几个保姆，都失败了。失败的原因按孙庭午所说，一个是不讲卫生，一个是老躲在卫生间看手机，还有一个是"太恶心了"。本来这个"太恶心了"的保姆他还挺满意的。不但照顾小孩有经验，也爱干净，还喜欢带莜莜去公园晒太阳。对这最后一点他尤其觉得满意。在孙庭午产假结束开始上班后，白天基本就是他和保姆在家——他一周就两天课，其他时间都是待在家里的。有时看书看深了，抬头突然看见保姆，会吓一跳，有一种不知置身何处的恍惚感觉。难怪博尔赫斯说，镜子和男女交媾是可憎的，因为它们使人的数目倍增。先是多了孙庭午，又多了孙莜，又多了一个又一个的保姆，还要多出谁？天知道！孙莜长大后也要结婚，然后至少多出一个女婿——她如果离婚的话，那就不止一个女婿了。然后又有外孙之类的，没完没了。难道一个人独处的时光从此黄鹤一去不复返了吗？他几乎伤感了。那个保姆是觉察了他的心意？还是本来就有向日葵一样的天性？只要外面出现一丁点儿阳光，她就急不可耐地说，"我推莜莜去公园晒晒。"好像莜莜是她刚洗的湿衣裳，需要争分夺秒地挂到太阳底下去晒。他总是"嗯"一声的。为什么不呢？保姆和莜莜一走，整间房子就属于他了。他不用躲在书房了，可以自由自在地在房子里走来走去，从书房走到厨房，又从厨房走到客厅，再从客厅走到阳台。偃仰啸歌，冥然兀坐，万籁有声，庭阶寂寂。当然，啸歌什么的，他是不会的，最多哼两声老狼的"2002年的第一场雪，比以往时候来得更晚一些"。总是这两句，后面就没有了。但如果王周末在，那他就可以跟着往下哼了。"停靠在八楼的二路汽车，带走了最后一片飘落的黄叶"王周末其实也哼不全，没关系，两个男人不过是借哼歌表达他们的快乐心情。那么悲伤的歌，被他们哼成了很欢快的旋律。他们两个在一起，总是莫名很快乐。有一次王周末甚至开玩笑说："我们为什么要和女人结婚呢？我们俩应该结婚的。"如果他们结婚的话，至少不会生出孙遴来，他也戏谑地想。然而，自从他住到香榭这个小区，他和王周末见面就少了。香榭离学校公寓不近，坐地铁要半个小时左右，之前之后还要步行上半个小时左右，所以就算偶尔想见见，但一想到路上的折腾，也就作罢了。毕竟他们都不是王子猷那样的人，会在大雪天划个小船花上一晚上的时间去看朋友。这样的兴致和冲动他们是没有的。也不知道王周末现在怎么躲姚羲的，学校公寓不比他这儿，空间相对大，还有书房，就算孙庭午和保姆都在家，他至少可以把书房的门一关，假装自己在备课，或者写论文。孙庭午从来不会像姚羲那样在门外"王周末王周末"地叫唤。孙遴出生后就更不会了。她下班回来后总是先找遴遴，假如遴遴没在家的话。但遴遴一般都在家，保姆会在孙庭午回来之前先回来的。但有一回孙庭午提前回家了，"遴遴呢？"她照例问他。他假装看书看入迷了没听见，因为实在不知道怎么回答。孙庭午不喜欢保姆去公园。之前她说过的，为什么要去公园呢？小区里的环境也很好，没必要去公园。公园有好几百米远呢，中间要过红绿灯，还要经过岸芷汀兰。人来车往的，不安全。孙庭午这么说的时候，保姆不吱声。反正孙庭午白天不在家。她等孙庭午出门后出门，在孙庭午回家前回家。而他差不多是共犯。因为一直知情不报。

孙庭午在楼下转了一圈，又去公园转了一圈，最后在岸沚汀兰小区西边的门房门口看到了蓫蓫的粉蓝色小推车。

保姆躲在鸟笼子一样逼仄的门房里看电视，坐在一个年轻男人的腿上。

原来保姆在"我推蓫蓫去公园晒晒"的时间里，都是去和那个保安约会呢。

"太恶心了！"孙庭午气得不行，当天就把那个保姆辞了。

他后来还无聊地去看过那个保安，不是特意去的，正好经过那个小区，他就绕了点路从西门走了。他多少有点好奇那是个什么样的男人。孙庭午说是一个"三十多岁的男人"。可他家保姆五十多了，也没姿色，也不打扮——如果是那种文眉画眼抹胭脂看上去就擅弄风月的老女人还好理解。可他家保姆看上去明明是个老实巴交的家庭妇女。是不是像小说《金手套》里那种猥琐男呢？鬣狗一样，专门找又丑又肥上了年纪的女人下手。然而让他诧异的是，那个保安非但不猥琐，而且眉清目秀，翠绿色制服下的身体还修长结实，如果他把那身保安制服脱了，穿上风衣什么的，再戴上一副金丝眼镜，走在校园里，说是大学老师也可以——还会是一个风度翩翩的老师呢。

世上的事情，尤其是男女的事情，真是很难说清的。

他回来还和王周末聊过这事，王周末又是那句话："存在就是合理。"

多数时候就到此为止了，但有时他也烦王周末这种一夫当关万夫莫开的简单粗暴。

"你不能总是搞存在主义那一套。"

"不能用存在主义是吗？那用马克思主义那一套好了。你之所以觉得这个有可能风度翩翩的年轻男人和你家保姆好上不可理喻，无非是在用小资产阶级的眼光来看生活。但对这个城市的许多无产阶级男人来说，这种事情只不过是阿Q的'吴妈，我想和你困觉'那样简单，也就是说，经济基础决定了上层建筑。可能那个保安的经济基础不行，所以导致了他的上层建筑不行。像阿Q那样，如果有条件，他想要的上层建筑是小尼姑，而不是吴妈。要不上小尼姑，只能退而求其次地对吴妈说'我想和你困觉'了。"

这可不是退而求其次了，而是退而求其次次了。

但他不会再和王周末继续理论下去了。他也理论不过王周末。

不过，他倒没有像孙庭午那样觉得这个保姆"太恶心了"，但事后想想，这事确实有些可怕，现在城市这么鱼龙混杂，万一有坏人正好经过那儿临时起意把门口的莛莛抱走了呢？莛莛又乖得很，总是一声不响的，就算被抱走了，估计虚掩了门在里面看电视的保姆也听不见的——坐在年轻男人腿上的保姆能听见什么呢？

他们吓得再也不敢请保姆了，怎么办？她家是指望不上的，只好让他父母来帮忙照顾孙遂了。

父母本来都是那种口口声声要过"我们自己的生活"的老人，之前议论起他们同事杜老师夫妇的家事来，都是一副批评的口吻，"完全没有自己的生活了嘛。"杜老师的儿子在北京，女儿在新西兰，夫妇俩大半辈子形影不离，老了老了，却开始了分居，一个去北京带孙子，一个去新西兰带外孙女，现在想见面，要算好时差在视频里见。

或许是因为在买房这事上他们没帮上忙，所以想将功补过吧，也可能因为儿子很少开口要求什么。反正他们最后决定不过"我们自己的生活"了，到他们这儿来了。

一开始还是不错的，他姆妈喜欢孙庭午，并且很高调地表达自己的喜欢。"庭午，你过来尝尝这番茄牛腩，味道怎么样？""庭午，你过来看看这月季的颜色，多粉嫩呀。""庭午，这亚麻桌布怎么样？我在欧尚买的，原价要二百多呢，正好他们搞周年庆活动，才花了一百六！你看看这布料质感，这若有若无的纹路，多雅致呀"

只要孙庭午在家，他姆妈就会"庭午庭午"地叫个不停。

"陈雅丽你别总叫小孙好不好？她在看书呢。"

老周小声制止姆妈。

"所以我才叫她呀，总看书伤眼睛。"

姆妈在他面前说孙庭午未免太爱看书了，在单位也是看书，在家里也是看书，不把眼睛看坏才怪。

孙庭午近视，看书时总习惯略微眯了眼睛。"她眼睛本来就小，这一眯，就更小了。"

"眯不眯的，又有什么区别？"老周哼一声说。看来老周还是介意孙庭午的长相。

他懒得理他们。

人和人不一样，老三说他夫人因为在图书馆工作，几乎得了"厌书症"，看见书就烦，不但自己不爱看书，也讨厌他在家看书。但孙庭午却和老三夫人相反，因为在图书馆工作，几乎得了"书瘾症"了。那回在"侘"遇到她，他就疑惑，一个在图书馆工作的女人，还需要逛书店呀？他后来这么问她。她略略说，我们是公共图书馆。什么意思呢？她又不说了。这是她说话的风格，中国画一样，很多留白的。好在他是欣赏中国画的那种男人。这也是他和她能结婚的原因吧？

孙庭午在家务上是不懒的，倒也不是说她多热爱做家务，和元敏那样。元敏那时到他这儿来，总是不停地做家务，而且不管做什么家务——哪怕只是在卫生间搓洗他的臭袜子，脸上也不可思议是一副幸福的表情。

在他父母来之前，不上班的时候，孙庭午喜欢待在厨房。窗户下的米白色人造大理石操作台边上镶了一个圆弧形北美胡桃木边几，本来是个简易西餐台，别人家通常在那儿放面包筐果酱罐多士炉什么的，有西方生活习惯的人——他们这个小区应该有不少这样的人——可以坐在那儿吃早餐，但孙庭午把它当书桌用，上面摆的不是食物之类，而是一个在宜家买的折叠台灯，一个着和服的艺伎小木刻，是她在日本奈良旅游时买回来的，还有好几本她近期在看的书。她看书有个习惯，不是看完一本再看另一本，而是这本没看完就开始看另一本，另一本没看完又开始看另另一本，像卡尔维诺的《如果在冬夜，一个旅人》的主人公那样，只不过卡尔维诺的主人公那样读书是因为出版社装帧错误，不得不读了一本又一本小说的开头，而孙庭午这么读是有意为之。"为什么呢？"他问过她。他在读书这方面多少有点儿强迫症的。再说，她读的也不是晦涩枯燥的学术类书，也不是收放自如的随笔小品，而大多是小说，看了开头不想看结尾吗？比如一本叫《刺猬的优雅》的小说，搁在边几上一两个月了，可她的折页还折在五十六页的"长毛垂耳猎狗的培根格调"这个地方。这莫名其妙的标题，连他都好奇了，她不好奇吗？但她说："不为什么。"他猜是不是和她在厨房看书有关系，她会在做家务的间隙看一页半页书，或者说，她会在看书的间隙做一会儿家务。榨两杯苹果胡萝卜汁，剥小半碗豌豆，擦拭煮牛奶的小钢精锅什么的——他们家所有的锅碗瓢盆都是锃明瓦亮的。不像王周末家的，黑乎乎地全都看不出原来的颜色。王周末做饭可以很讲究，但搞卫生就马虎得很。王周末说："你们家是本末倒置，碗碟什么的，那是买来盛东西用的，不是买来当主子侍候。成天又是洗又是擦的，我看就差给它们焚香斋沐了。"

王周末说的"你们家"其实是指孙庭午，只要一说到孙庭午，王周末就表现出他理论批评家那种又偏又倚的本色。

但他从来不会替孙庭午帮腔，也不会围魏救赵般去说姚莪。他本来完全可以反问一句："比起孙庭午的又洗又擦，你家姚莪的不洗不擦问题不是更大？"

　　他其实还挺愿意孙庭午在厨房活动的。她在那儿看书，在那儿做家务，在那儿端了杯子看着窗外若有所思。而他的活动差不多都在书房。他们之间虽然从来没有过什么约定，但过着过着就形成了这样的模式，两个人都在家的时候，他很少到厨房去，她也很少到书房来。她似乎比他还愿意自个儿待着。这一点和元敏不同。元敏要"如胶似漆地相爱"。她所谓的"如胶似漆地相爱"，可不只是象征意义的，而是要求从灵魂到身体的如胶似漆，不，应该说是从身体到灵魂的如胶似漆。明明都在一个房间里呢，他在书桌边看书，她在沙发上看手机，她还嫌隔远了。能隔多远呢？房间总共就那么大。可她非要他坐过去。或者她坐过来。她坐过来那更糟糕了，椅子那么小，两个挤着坐，冬天还好点，夏天的话，只要坐上一小会儿，身体就汗津津的。他们这个城市的夏天，气温可以高达三十七八度呢。他的公寓又没有装空调，只有头顶上的一个吊扇，吹着热乎乎的风。在这样的高温下如胶似漆，于身体有何愉悦可言？他一直拖着不和元敏结婚是否也有这方面的原因？害怕元敏会在婚姻生活中把"如胶似漆地相爱"进行到底？也不知道后来元敏过没过上那种"如胶似漆地相爱"的婚姻生活？应该过上了吧。她和他分手后很快就结婚了，和一个生物研究所工作的男人，听王周末说那男人是研究双翅目昆虫进化的，专门研究苍蝇。苍蝇这种昆虫有一个生活习性，就是雌雄喜欢成双成对活动，一起爬行，一起飞行，也一起交配。所以当《尤里西斯》里的布鲁姆从钥匙眼里偷看到摩莉和情夫博伊兰在房间亲密时就说："他们像苍蝇一样摞在一块儿。"

虽然姆妈对老周的亦步亦趋故意做出一脸嫌弃的样子，其实她喜欢着呢，这一点，不单老周心里有数，就连他也看得出来。不过，他们倒是相互离不开。老周从外面回来，只要没看见姆妈，第一句话总是："你姆妈呢？"

那么，是他们这一代男性发生了变异吗？不论是他，还是王周末，似乎都没有办法忍受——至少不能像老周那样自始至终忍受"女人像苍蝇跟踪糖蜜似的嗡嗡嗡地包围着"。当然，老周可不是能忍受，而是甘之如饴。

但孙庭午和其他女人不一样，她不黏人。

她外出时从不叫上他，去超市，去花鸟市场，去书店——在莸莸出生之前，她周末偶尔还是会去"佗"的，她明明知道他有时也会去"佗"的，却不约他一起去。他们各去各的。有一回他们竟然在"佗"碰上了。"你也来了？""嗯。"彼此不过这么清淡地招呼一句。所以"佗"的老板，一直不知道他们是夫妇，还以为他们就是一般认识的书友呢。

她之所以把厨房变成她的地盘，也是因为在这个房子里，他最少出没的地方就是厨房吧？他这么揣摩她，所以就尽量少去厨房。反正水和杯子之类的，她都把它们放在客厅沙发前的茶几上了。

但自从他父母来了之后，厨房就成父母的了。姆妈在那儿烹庖，老周在那儿看姆妈烹庖。烹庖有什么好看的呢？也不是风景，姿态万千，会引人入胜；也不是电影，有情节和人物的风云变化，可以看了又看。烹庖那么单调重复的动作，一直盯着看，和看鱼缸差不多吧？他们教研室有个同事的父亲得了阿尔茨海默病，整天坐在沙发上盯着鱼缸看，看了好几年了，把鱼缸里的鱼都看死无数条了，还在看。如果姆妈是烹庖高手，像李安电影《饮食男女》里那样，可以把做菜弄成功夫片一样花哨好看，那也算可堪一看。可姆妈烹庖水平和花招不过尔尔，有什么看头呢？但老周竟然可以津津有味看上几十年，也真是服了他。姆妈也奇怪，厨房那么小，高大的父亲杵在那儿，不碍事吗？但姆妈还像在学校对表现好的小学生那样时不时奖励父亲一朵小红花，"欸，你尝一下这肉，烂没烂？"姆妈用筷子夹起一块肥瘦合适的肉，咻咻咻地吹几口气，小心翼翼地送到老周嘴边。老周就略略倾了身子像一只嗷嗷待哺的小鸟那样张了嘴——应该说老鸟更合适吧？这场景，他是看惯了的，所以没觉得有什么，但孙庭午似乎很不习惯看，她虽然没有说什么，却不怎么进厨房了。

　　而且，厨房现在已经被姆妈改造成"真正的厨房"了，烟火的，油腻的，杂乱无章的。姆妈说，他家以前的厨房，根本算不上"真正的厨房"，连料酒胡椒粉之类的基本调料都没有。没有料酒，怎么做东坡肉呢？没有料酒，怎么做红烧鱼呢？他姆妈不知道，他们家从来不吃东坡肉，鱼也不是红烧，而是清蒸，用李锦记蒸鱼豉油就行。不止鱼，许多菜孙庭午都是清蒸的：清蒸南瓜，清蒸莲藕，清蒸豆腐——连豆腐也清蒸。王周末觉得匪夷所思，荤菜素做，素菜荤做，向来是烹庖要义，也是世间一切事物搭配的原则，就像红花需要绿叶扶一样，巍巍高山需要荡荡流水绕一样。所以《红楼梦》里的茄鲞，要用十来只鸡呢，潘向黎的《清水白菜》，要用金华火腿苏北草鸡阳澄湖螃蟹呢。豆腐之类，本来已经极素了，还清蒸，吃起来能有什么味道？王周末一副要为豆腐和他打抱不平的愤然表情。他倒是无所谓。

姆妈自作主张给他们家厨房添置了许多"必要的"器皿和调料：大中小砂锅，各式各样的调料，各式各样的养生食材。姆妈虽然烹庖的水平不高，但对调料器皿材料什么的，很讲究的。那个圆弧形胡桃木边几上，现在琳琅满目地摆满了姆妈从超市买回来的瓶瓶罐罐。

孙庭午把它的折叠台灯日本艺伎和《刺猬的优雅》都搬到卧室床头柜上去了，她现在下班回来要么抱了莈莈到小区花坛那儿去玩，要么就把卧室的门一关，一声不吭地待在里面看书了——应该是在看书吧？

所以姆妈动不动就"庭午，庭午"地叫。

她一方面担心孙庭午总看书把眼睛看坏了；另一方面也有婆婆的小心计，想趁自己在这儿的时候，多培养和提高儿媳妇家务的兴趣和能力。姆妈当小学老师几十年，习惯把所有人当成小学生，然后用她擅长的春风化雨的教学方法，来达到自己的教学目的。

孙庭午倒是有叫必"嗯"的，但她的"嗯"，怎么说呢？会略略慢上那么几秒，好像不情愿似的。"庭午庭午"，姆妈的声音像黄鹂唱歌，清脆明亮，孙庭午的"嗯"声却低迷得很，两人搭配在一起，有一种花明柳暗的落差效果。如果换个婆婆，估计会以为这是儿媳妇的有意怠慢。但姆妈不介意，她认为这是孙庭午慢条斯理的性格使然。女人与女人本来就不一样的，有的女人是风铃，风轻轻一吹，就叮当作响，而有的女人是蚰蜒，慢吞吞的，要好半天才有反应。

姆妈一开始觉得孙庭午这样迟钝的性格挺好，至少没有侵略性。如果孙庭午太机灵，她还吃不消呢。像小姨妈的儿媳妇宝珍那样，一上来先把小姨妈哄得滴溜溜转，可没过多久，就翻脸了。小姨妈后来拿宝珍一点办法也没有，人家把这个家一老一少两个男人都哄好了，单孤立她一个，三比一呢，小姨妈怎么搞得过？于是不单在儿子家没有了话语权，就是在自己家，只要宝珍一来，就喧宾夺主了。可怜原本也伶牙俐齿的小姨妈，从此过上了忍气吞声的生活。

这也是她当初不赞成苏小蓝和元敏的原因。一个"巧笑倩兮"，一个"美目盼兮"，都属于宝珍一种类型的女人，太伶俐了。姆妈可过不了忍气吞声的日子。而孙庭午这样看着慢半拍的，她应该能搞定——至少她以为能搞定。

可有一天晚上十二点半了，她去厨房——那个时候本来姆妈早已睡了，她和老周每天都早睡早起的，但那天因为晚饭时多吃了几口红薯稀饭，胃胀气不舒服，又醒了。她起来到客厅的抽屉里想找点消化药吃，发现厨房的灯还亮着，还以为是自己忘记关了呢，就过去关灯，这一过去，差点没被眼前景象吓个半死：一个披头散发的灰白色背影，趴在墙上一扭一扭地动着呢。

定睛一看，原来是孙庭午。大半夜的，孙庭午不在床上睡觉，而在厨房一手拿了清洁液一手拿了抹布使劲地擦着灶台上方墙砖上的油垢呢。

搞卫生又不是什么见不得人的事，为什么不在白天搞呢？为什么要在半夜偷偷搞呢？

姆妈实在不懂。

第二天等孙庭午一出门，姆妈就跑到他房间把这事说给他听了。

"她这是作弄哪一出呀？蒲松龄的《聊斋》吗？吓死我了！"姆妈抚了胸口好像还惊魂未定似的。

老周赶紧过来制止姆妈："陈雅丽你别大惊小怪好不好，小孙是好意，怕伤你的自尊心。你作业完成得不好，她这是在挑灯帮你改作业呢。"

他大概知道孙庭午为什么。因为那个时候厨房没有人吧？有点儿像张岱游西湖，不在繁花似锦游人如织的时候去游，而故意在天寒地冻"人鸟俱绝"的大雪天去游。

姆妈那点儿女性的细腻本来一直是用在老周那儿的，对其他事情从来疏可走马。就算之前有过一些疑惑，比如这个家怎么这么耐脏？好几个月没有大扫除仍然一尘不染？有些东西她分明记得是搁在某处某处的，怎么又到了另一处？有的甚至还不翼而飞了。但她从没有花费心思去琢磨过。现在恍然大悟了，原来都是孙庭午半夜用"修正液改了她的作业"呢。

他的张岱大雪天游西湖的说法姆妈觉得太莫名其妙了，还是老周挑灯批改作业的逻辑更好理解。只是"小孙是好意"那句，姆妈不想领情。

姆妈是骄傲的女人，就凭孙庭午那样的，有什么资格改她的作业？

姆妈在心里，还是有点儿小看孙庭午的。

"庭午，你怎么那么严肃呀？看着怏怏不乐似的。"

"庭午，你的衣裳怎么不是青就是蓝呀？老气横秋的。"

"庭午，你为什么要在院子里种这种奇怪的小白花呢？看着丧气不说，闻起来还有一股子臭味，细细碎碎的简直不像花。为什么不种大红粉红月季呢？不种芙蓉美人蕉呢？哪怕种几棵丝瓜，开出来的大黄花也比这个似花非花的东西喜庆大方呀。"

丝瓜花原来是姆妈讨厌的，因为郝阿姨在两家阳台中间的栏杆边种了一棵，一到夏天，丝瓜藤就会爬到这边来，嗡嗡嗡的蜜蜂也会飞到这边来，姆妈最怕蜜蜂了，所以丝瓜花也受牵连成了姆妈最讨厌的花。

但现在姆妈为了给孙庭午改作业，竟然不嫌弃丝瓜花了。

这时候老周就频频朝姆妈使眼色。

但姆妈不理他，下巴一抬说："我这个人，不会在背后搞小动作。"

孙庭午半夜搞厨房卫生这事，被姆妈看成是"背后搞小动作"。

姆妈说，她要坦坦荡荡地教育孙庭午。

只可惜姆妈坦坦荡荡的教育对孙庭午不起作用，孙庭午不和姆妈争论，却也没有改正自己的意思，一丁点改正的意思都没有。之前怎样，之后怎样。严肃还是严肃，青蓝还是青蓝。

更过分的是，有一回孙庭午又不声不响地从花鸟市场买回好几株那种臭烘烘的植物，当着姆妈的面把它们种到了院子的另一边。

"她怎么这样呢？她怎么这样呢？"

姆妈眼珠子都惊圆了，仿佛才意识到在这个家她是做不了主的。

"庭午这孩子看着老实，原来也是钱锺书笔下写的'会给人不期待的伤痛'的那种女人欤。"姆妈是读过钱锺书的《围城》的，很认真地读过，书上很多地方都被她按喜欢程度用红笔画上了大波纹小波纹状的线，需要时就会引用一句。

"陈雅丽你别上纲上线好不好？至少人家小孙没有像宝珍那样顶撞你。"老周说。

老周总这样。喜欢和姆妈唱反调。如果姆妈说某某好话，他就说上几句坏话。如果姆妈说某某坏话，他又说上几句好话。每次正好把他们所谈论的那个对象弄成 E.M. 福斯特的圆形人物了。

当然，客观上也还是安慰到姆妈了。

如果换成宝珍，会怎样呢？姆妈略微想象了一下，就败下阵来。姆妈还是有自知之明的，觉得自己肯定不是能文能武的宝珍的对手。

但她是孙庭午的对手吗？

好像也不是。

"关于孙庭午，我一直很好奇。"

有一回，在研究生面试结束后，王周末舍不得和他分开似的，又建议到樱花小径走一走，他欣然同意了。他也很喜欢和王周末共处的时光的。两人一边走，一边聊着刚刚面试的事情。十六个来面试的学生中，只有一个男生，还是"色若春晓之花"贾宝玉那样的男生。他们怀疑男生搽了脂粉，然而也不能像魏明帝对何晏那样当场给他一碗热汤吃试试看。考虑到中文系研究生的生态平衡，按说应该优先录取那个男生的，可怎么录取呢？他抽到的题目是"请你说说《世说新语》的体例？"对一个来参加古典文学专业研究生面试的学生来说，这应该是一道简单得不能再简单的题目了。结果这位宝贝学生莺声燕语地来了句神回答："章回体。"这差不多和一个笑话一样了——"略谈你对八大山人的了解。""中国历史上八位潜迹山林的隐士，通诗文，有傲骨，姓名待考。"其实每年面试时都会闹出一些诸如此类笑话的，能让他们喟叹和逗乐好长时间。不过，他们也就喟叹一下，并没有多认真或者多伤神。像段锦年教授那样——"我被他们气得好几天辗转不眠了。"老教授就这样，迂腐天真得可爱，动不动就长吁短叹做出一副与教育事业休戚相关的夸张反应。至于吗？章回体就章回体，和他们有什么关系？和他们的睡眠又有什么关系？别说答成章回体，就是答成梨花体，答成葛优体，他们也不过一笑了之。但段锦年的睡眠竟然会随学生跌宕起伏，一会儿被他们激动得辗转不眠，一会儿又被他们气得辗转不眠。"她也太喜欢辗转了！"王周末调侃说。他倒是有几分羡慕段教授，失眠的原因竟然可以如此简单明白，一如白居易的诗那样好解。这样多好，至少可以对症下药解决它。不像他的失眠。晦涩得如李商隐的无题诗，他拿它一点办法也没有。

他们事不关己地谈了一会儿面试的事情，之后又谈起了一个美国生态学家做的叫"老鼠乌托邦"的黑暗实验——其实还是因为那个"面若春晓之花"的男生，王周末说那个搽了脂粉的男生让他想到了实验里的"美丽鼠"：它们像雌鼠一样爱化妆打扮，但不爱斗争和社会交往，甚至也不爱两性交媾。

"关于孙庭午，我一直很好奇。"就是在说完"美丽鼠"之后，王周末表情有点诡谲地说。

他不说话，等着王周末往下说，应该不会有什么好话。

"你们的性生活怎么样？"

他皱了眉，倒不是因为生气，只是有些意外。这么多年朋友做下来，他和王周末偶尔也会谈到性的，尤其是结婚前，性的话题就像公寓楼后那棵枇杷树上的麻雀，冷不丁就一个俯冲飞了出来。有一段时间，公寓楼后的那棵大枇杷树上来了好些麻雀，都是二楼那个化学系女老师招惹来的，她没事会在阳台用馒头撕碎了喂它们。他们食堂的奶香小馒头，麻雀似乎很爱吃。女人总喜欢喂这个世界点什么，"啾啾汪汪喵喵"之类，逮了什么喂什么，以此来转移她们泛滥成灾的前母性时期的喂养需求。那个化学系女老师结婚后就搬走了，叽叽喳喳的麻雀聒噪声也就听不见了。生物都是随食物迁徙的。所谓家园，不过就是觅食之地罢了，没什么好执着的。人类乡愁之类的惆怅感情，估计和麻雀对那棵枇杷树的感情差不多，王周末说。王周末经常会说些诸如此类的话。麻雀会惆怅吗？也许不会，也许会，他们不会对这种"子非鱼"的哲学问题进行深入的探讨，也探讨不出什么名堂。反正王周末在他面前想说什么说什么。行于当行，也行于不当行，止于当止，也不止于当止。比如性，就属于王周末不止于当止的话题。王周末最喜欢用性来比喻食物，"那是一道性冷淡的菜。"或者用食物来比喻性，"和那样的女人做，和吃麻辣香锅差不多吧？"

一般是王周末说，他听。姑妄言之，姑妄听之。但有时当他没法姑妄听之时，也会怼一怼王周末，比如问他"你吃过蝙蝠？"之类。

当时他们在谈论国内某女诗人写的诗，王周末缩了脖子龇牙咧嘴做出一副嫌恶的鬼样子说："天哪！这和吃蝙蝠一样恐怖！"谈诗就谈诗，就算没有水平谈成王国维的《人间词话》，谈成钱锺书的《管锥编》，那也不能谈成男人在饭桌上的黄色段子。太不专业了。在他看来，有些女人可以谈她的长相，比如杨贵妃之类，可以说她如何"回眸一笑百媚生"，"从此君王不早朝"。而有些女人不可以，比如李清照，不能说她身材或眉毛怎么怎么样，就只能说她《醉花阴》和《声声慢》怎么怎么样。而王周末弄反了。说女诗人不说她诗歌如何，而说她的花边消息，其性质相当于写李清照的论文，不写《李清照的〈醉花阴〉研究》或《李清照的〈声声慢〉研究》，而写了《李清照的眉毛研究》或《李清照的身材研究》，本末倒置了，不仅有伤大雅，还有伤小雅——人家女诗人也没说要穿过哪里哪里来睡你王周末，你说什么恐怖呢？完全是自作多情嘛，完全是杞人忧天嘛。所以他几乎为女诗人打抱不平般问王周末："你吃过蝙蝠？"

"没吃过。"

"没吃过蝙蝠，应该也没被那个女诗人睡过，你怎么知道会恐怖？"

"总不至于是美味吧？"

这又是"子非鱼"的问题了。

不过，这样的斗嘴并不多，多数时候王周末用性和食物互喻时他都是笑而不言的。

但他们一般都是泛泛而谈，泛到书本上或者远处——包括地理意义的远处和时间意义的远处，一旦隔了时空，那些过往的事情，哪怕是自己的事情仿佛就成了资料室的文献似的，可以拿来进行学术意义的探讨。他们谈到过各自第一次的经验。王周末说的第一次他不太相信，也是在公交站，也是和一个陌生少妇，太像《繁花》里的情节，只不过少妇手里拎的不是衣裳，而是几个苹果。事后她还给他洗了一个苹果吃。苹果又香又甜，但不是那种生长合适的香甜，而是一种熟过了头的软肉温香。像那个陌生女人。那一年他还在读高中呢，只有十七岁。而那个少妇，应该有三十多吧？经验丰富，循循善诱。这又像《繁花》里的另一对男女银凤和小毛了。反正像两场戏的混剪，蒙太奇一样，除了吃苹果这个细节不同。这个创造性的细节改动确实很有王周末的个人特点。把衣裳换成苹果——当然也可以换成其他食物，比如绿豆糕麻薯之类的点心。王周末也很喜欢吃点心的。但事后吧唧吧唧吃点心有点儿太生活化了，还是《金瓶梅》里陈旧腐朽的生活。而苹果就清新文艺多了，它不但是静物画经常表现的对象，还可以作为文学的隐喻——用熟过了头的芬芳甜蜜苹果来隐喻那个少妇，还是非常贴切的。但太漂亮的细节反倒显得文献可疑了，带上了谋篇布局的痕迹。但他从来没有戳破过王周末——他倒是有想过在合适的时候让王周末再讲述一回这故事，看王周末会不会在某个细节上出破绽。如果是杜撰，就可能出现前后不一致的地方。但也就是想想，没有付诸行动。他不是个爱恶作剧的人。

但他是把王周末的第一次经验当志异听的。中国的男人，尤其是搞文学的男人，多少都有《聊斋志异》情结的吧？总希望有一个"姣丽无双"的陌生女子在夜里自荐枕席，然后"握手入帏，款曲备至"。其实不太可能的。中国女人可是在"饿死事小，失节事大"这种传统礼教文化里生长的，怎么可能那么轻易就向一个陌生男人自荐枕席呢？至少良家妇女不太会这样的。但中国男人就是这么矛盾：既要女人自荐枕席，又要女人是良家妇女。这就像要求窗户既是开着的又是关着的一样，要求水既是放荡的又是平静的一样，都是悖谬不能实现的事。但男人也不知是天真，还是愚蠢，总一厢情愿地认为自己能遇上这样既贞洁又放荡的女人。

他自己的第一次就太普通了。是大学随波逐流般恋爱的产物，完全没有古典的"溯洄从之道阻且长溯游从之宛在水中央"的艰难和美妙。她是新闻系的，比他高一年级，算是他的师姐。两人都在校刊做兼职编辑，经常在一起讨论工作，讨论着讨论着就讨论成恋人了，然后就水到渠成瓜熟蒂落地发生了老大常说的"圣贤之事"。虽说是第一次，他也并没有多神魂颠倒，毕竟理论上早就预习过无数次，临到实践，差不多算温故知新。他们好了也就一年，在她毕业前分手了。师姐是青海人，而他是江南人，两人都没有为爱远走他乡的打算。惆怅偶尔也是有的，但也就是惆怅的程度，没有发生更强烈的感情。

王周末有点儿嫌弃他的清淡。但也习惯了，反正他就是这样的人，哪怕在故事里，口味也不肯稍重一点。浓油赤酱从来是王周末的风格。

"孙庭午看起来像不过性生活的人。"

他就知道，只要说起孙庭午，王周末绝没有好话的。王周末不喜欢孙庭午，人人都不喜欢孙庭午，除了他。

孙庭午无所谓，她像《刺猬的优雅》里女门房养的那只叫列夫的猫，"不大在融入同类这方面下功夫"。

但王周末的语气，听起来有点模棱两可，似乎既有同情他的意思，又有羡慕他的意思。

他们第一次亲热，是在一个午后，他们从苏圃路的肠粉店出来，已经下午两三点了。按惯例他们这时候应该各自回去，但可能因为喝了几杯酒——那天他们点了一壶鸡蛋枸杞米酒，你一杯我一杯地就着一碟凉拌黄秋葵一碟糯米藕夹喝光了，虽然鸡蛋米酒度数不高，只有十几度，但对他们这种不胜酒力的人来说，足够让他们做一些平时不会做的事情。"去我那儿喝杯茶怎么样？我有好的六安瓜片。"她说。他没有喝茶的习惯，因为失眠的毛病。别说那时已经下午两三点了，就是上午，他如果喝上半杯绿茶，晚上他就会又疲倦又亢奋，难受得要命。但他感觉她有些春风荡漾，如果对此他不作回应的话，就太没男人的风度了。他虽然不能算热情的男人，但风度还是要的。她住在一个叫"京都四月"的小区，不远，走着过去也就二十几分钟。一进屋两人就开始了，不是干柴烈火急不可耐那种的开始，而是"微雨燕双飞"似的开始。不过，却没有循序渐进的过程，而是一步就到位了。有一种老夫老妻的熟稔。他有点惊讶于她的落落大方，她真是一点儿也没有扭捏，仿佛这种事情和喝茶是一回事。

事后他有些疲倦——体力劳动之后他总容易疲倦，也不知因为平时疏于锻炼，还是先天体质不好。先天按说不会，他父母的身体都很好，尤其他父亲，下午上了三节课，还可以咚咚咚地跑到楼下和几个年轻同事打上一个多小时的篮球，之后又咚咚咚地精神饱满地跑上楼来。他不行，每次上完两节课，就累得不想说话了。而元敏总要说话，特别在做完之后，她会没完没了地想和他说话，自己说，也要他说。"我睡一会儿再说行吗？""不行。"平时百依百顺的元敏那种时候也变得蛮不讲理了。可孙庭午却一言不发地背转了身子。他松了一口气，莫名觉得有些安心。她侧躺着的背面看起来还挺曲折有致的，特别是脖子那儿，在拉上了碎花窗帘的幽暗室内，看上去几乎有白玉一般的清辉。还有她散落在枕上的浓密黑发，粗细匀称的胳膊，是杜甫"香雾云鬟湿，清辉玉臂寒"之意境。

她把自己的身体尽量靠向床的另一边，有意要离他远一点似的。这倒是迥异于他以前理论和实践的双重经验。女人一旦和男人发生了关系，不总是要绸缪束薪的吗？但她好像没有束薪之意，反怕被他束薪似的。

是在那一刻他对她开始产生几分爱意了吗？觉得可以和这么个女人过上一辈子。

有些事情只是看起来草率而已。

她对性的态度，怎么说呢？一如她对待食物，谈不上热衷，也谈不上逃避。总是一副吃也行不吃也行的样子，但一到饭桌上，她吃得其实也不少——相对于她看上去食欲不振的样子，应该说相当不少了。这一点和元敏不同，元敏动不动就叫嚷"饿死我了，饿死我了"，但食物一来，没吃上几口她又会做西施捧心状说"撑死我了，撑死我了"，好像她的身体里压根没有长胃这么个器官似的。苏小蓝也差不多，吃起东西来颇像一只猫，一只养尊处优的猫，吃相像养尊处优的猫，食量也像养尊处优的猫，有一种精益求精的讲究。做起爱来——他和苏小蓝虽然没有做过爱，但如果做的话，估计也是精益求精很讲究吧？这也是他不想和她做的原因，在想象里事先就索然无味了。

他在秋天频率会高些。"这反自然规律了。"王周末说，"飞禽走兽一般都是在春天发情的。'春天来了，又到了动物交配的季节'，赵忠祥在解说《动物世界》开头经常是这一句。可你为什么在秋天这个生命凋零的季节反而更有活力呢？《2666》里面有个男人叫拉拉萨瓦尔，专门挑墓地做爱。这和你的秋天冲动性质是不是一样？都属于某种变态？说老实话，你这个人太正常了，过于正常的人都是可疑的。很多电影或新闻里的变态杀手，之前在邻居眼里都是再正常不过的人。"

如果不是和王周末讨论起这个问题，他几乎没有注意到自己有这个季节性特征。

他当然不是变态。不过是因为天气，秋高气爽，适合劳动。

对于劳动这个说法王周末倒是能共鸣的。就为了那么三到十秒的快感，大冬天的光是脱衣裳穿衣裳的折腾，他都受不了。还不如自己解决来得简单呢。

他莞尔一笑。和王周末多年朋友做下来，他早习惯了王周末这种放浪形骸的私房话。

"笑什么笑？"王周末反问他，"你不这样？"

他自然也这样，偶尔。哪个男人没有这"独乐乐"的习惯？尤其对他这种不怎么善于和别人打交道的男人，"与人乐乐"还是需要克服一定程度的心理障碍的。

虽然孙庭午不是那种会拿搪的女人，但怎么说呢？她身上也还是会散发出一种凛然的气息。用"凛然"一词可能有些过了，那用什么词来描述比较确切呢？好像也找不到合适的。反正孙庭午这个女人看上去有点儿像一栋过于安静的房子——过于安静一般都表示"请勿打扰"、"非请勿入"之类的意思吧？

他姆妈离开时也摇了头说："庭午这孩子，处不亲。"

"陈雅丽你要求别太高，和儿媳处成这样，已经可以了。"老周说。

但姆妈觉得不可以，她已经喜欢上香榭这个小区了，不仅喜欢香榭的环境，更喜欢香榭的邻居。完全不一样的层次，完全不一样的格调。她和郝阿姨两情相悦时一来一往互赠的东西，那都是些什么东西？一碟子卤凤爪，一碟子椒盐花生，太庸俗了，和姜画家送的东西比起来，那是。有一天她给姜画家送去自己做的几块猪油豆沙糕，姜画家第一次开门看见她时还有点儿愣呢，好像很惊讶似的，等到她说明来意递上豆沙糕，又手足无措得很，一副接也不是不接也不是的窘态。在她的坚持下，姜画家还是接了。结果人家第二天就来回礼了，是一张十六开本大小的速写，画的是她的黑猫，眯了眼趴在红绿相间的条纹布沙发上打盹，脑袋下还压了一本书，边上还画了一个小茶几，茶几上摆了一个茶杯，半块她送的猪油豆沙糕。右侧上端还有两行题词：日长午倦沙发躺，一本闲书作枕横。多风雅的回礼呀。姆妈喜欢极了。在电话里和姨妈赞叹不已。后来姆妈和姜画家就成了朋友，至少姆妈自己认为和姜画家成了朋友，虽然不过是聊几句猪油豆沙糕和马蒂斯这类话题的朋友。马蒂斯是姜画家的猫。姜画家本来不是爱和邻居聊天的人，但如果聊的是马蒂斯，那她还是很愿意的。姆妈可是很懂聊天艺术的人，于是投其所好，一见姜画家就先和马蒂斯搭讪，"'马蒂斯'今天好精神呀"，本来面无表情往楼上走着的姜画家马上就眉开眼笑站定不走了，开始和姆妈聊起马蒂斯了。当然，除了马蒂斯她们也还会聊几句其他的，猪油豆沙糕之类。因为姜画家说她喜欢吃猪油豆沙糕，姆妈后来就又送过两回。姜画家也不是白吃人家东西的人，又礼尚往来地送上了让姆妈赞叹不已的"多风雅的回礼"——一回是她画的几朵白花，从姜画家家阳台往下看到的他家院子里的几朵白花，掩在繁茂硕大的绿叶中。孙庭午的白花姆妈本来不太喜欢的，但到了姜画家的画里，那就不一样了，它不再是丧兮兮的小白花，而是清新素雅的艺术了。艺术可是姆妈最喜欢的，姆妈喜欢所有的艺术。另一回是两张美术展览馆的门票，姆妈更喜欢了，她之前还没看过美术展呢，事实上，他们生活的那个小城，连美术展览馆都没有呢，只有一个群艺馆，群艺馆虽然也有一个"艺"字，但其实和艺术没什么关系的，他们经常举办的活动不是一群老太太扇子舞表演，就是一群书法家——所谓书法家，其实就是一群退休老头子春节前站在群艺馆门口的走廊上给路人写对联，从来没有过这么上档次的美术展。姜画家把她的生活升华了。原来有什么样的邻居就有什么样的生活呀。之前和郝阿姨做邻居，过的是一地鸡毛的庸俗生活；现在和姜画家做邻居，过的就是周末看美术展的艺术生活。姆妈感慨万分。

好不容易过上的艺术生活，好不容易和艺术以及艺术家建立起来的关系，姆妈不想就那么失去。可香榭是儿子的家，不，按老周的说法，应该是儿子和孙庭午的家，不是她的家，他们还是要回去的。但姆妈现在爱上了这边的艺术生活，怎么办？她有想法了。来之前她是没有这个想法的，但在香榭住了一年之后她生出了这个想法。她想今后两边住，像候鸟一样。回小城住段日子，再来香榭住段日子，再回小城住段日子，再来香榭住段日子。反正隔得也不算太远，坐两个小时的动车就到了。这样的话，她就可以过一段一地鸡毛的庸俗生活，又过一段可以周末看美术展的艺术生活。"用艺术照亮现实生活。"这句话姆妈是引用的，引自《都市报》的标题，自从知道宋先生是《都市报》的主编后，姆妈就开始看《都市报》了。

姆妈有姆妈的聪明，她自然不会说姜画家和艺术生活之类的，她说的是："这样我们就可以一直帮着照顾莛莛了。"

姆妈以为孙庭午会"嗯"一声的。

像之前那样，她黄鹂似的清脆明亮在先，孙庭午蚰蜒似的低迷缓慢在后，两人的声音一前一后合在一起，花明柳暗般相辅相成。

但孙庭午这一回却没有和姆妈相辅相成了，她压根没有接茬，就那么任姆妈的声音失群孤雁般飞在半空中了。

姆妈没想到，他也没想到，当时他也在场的，等到反应过来接上"想来就来呗"——已经太晚了。姆妈的脸，已经红红白白了好几回。

孙庭午这一回给姆妈的"不期待的伤痛"有点重，姆妈再也不来了，哪怕他后来在电话里说莛莛想她了，或故意说起姜画家，或姜画家的马蒂斯，也没用。姆妈只是说："欸，还是自己家里好。"

老周私下里对他说："要不，你让小孙给你姆妈打个电话？"

他也想过，但终归还是开不了口，说老实话，比起姆妈，他更能理解孙庭午呢。

不来就不来吧。

也好在不来了，不然姆妈又要惊圆了眼珠子问他："她怎么这样呢？她怎么这样呢？"

姆妈之前为了教育孙庭午而吭哧吭哧从花鸟市场买回来种上的几株月季，都不见了，那些种月季的地方，现在全种上了荚蒾，一院子的荚蒾。

他后来知道那开白花的植物叫荚蒾了，拉丁学名是 *Viburnum dilatatum* Thunb.，忍冬科，属落叶灌木，叶纸质，倒卵形，开白花，花序稠密。他用手机支付宝里自带的 VR 软件去识别，当按指示"对准目标"凑近了去拍那簇小花的时候，有一股子又陌生又熟稔的味儿直冲他鼻子而来。

那味儿不说拒人千里，至少生人勿近。

他想起来了，好像和孙庭午腋下的气味差不多。

鸥

潘家鳢其实一开始就知道汤癸是什么男人。

苏旦提醒过她，"这个男人，这个男人，怎么说呢？可是很复杂的，你要当心点。"

她看着苏旦，等着苏旦说清楚他怎么个复杂法，可苏旦又不说了，认真地抠起手上的茧来。她右手食指最下节指腹上有块蚕豆大的茧，已被她经年累月抠得斑驳粗糙，和其他地方的粉红细嫩完全不同。像老鸟的蹼。苏旦的右手因此平时秘不示人的，总是略略地半握了，好像那里藏了什么似的。

那天是潘家鳢第一次见汤癸。本来潘家鳢坐在苏旦卧室的飘窗上喝茶。他们两家楼上楼下，有事没事就约一个。那天是周五，两人都没课。"要不要来我家？"早上九点钟苏旦打了电话过来。潘家鲡有些意外。她们一般是下午或晚上约的，这是苏旦自己定的规矩。"上午咱们做点正经事。"所谓正经事，就是备备课写写论文看看书什么的。苏旦比潘家鲡上进。潘家鲡贪欢，一荒嬉起来，是不管白天黑夜上午下午的，还喜欢没完没了，吃流水席一样。而苏旦不一样，苏旦虽然也有贪玩的时候，但比潘家鲡有计划和节制，能"行于当行，止于当止"。有时正在兴头上，苏旦会突然说："明天还有课呢。"这让潘家鲡觉得这个女人没劲，一边觉得没劲，一边又觉得有苏旦这样的朋友管束着也好，不然，还不知自己荒嬉成啥样。"不做正经事了？"潘家鲡在电话里欢喜地怼苏旦。"今天不做了。"苏旦也欢喜地说。潘家鲡于是穿着睡衣披头散发就下去了。到苏旦家，她从来都是这样首如飞蓬的。反正她家也没别人，就苏旦，还有苏旦的老公老孟，而老孟在潘家鲡这儿，基本不算异性了。苏旦开了门，潘家鲡径直往苏旦的卧室走。她家最好的地方就是卧室了，朝南，宽敞，明亮，还有个两米见方的铺了土耳其毛毯的大飘窗，潘家鲡每次来了都坐那儿。苏旦呢，有时坐在桌边——那张桌子，既是书桌，又是梳妆台，上面放的东西不少，却一点儿也不凌乱，一边是笔记本电脑和书，一边是脂粉之类的女性什物。楚河汉界，泾渭分明。这是潘家鲡佩服苏旦的另一个方面。潘家鲡自己家总是凌乱不堪的，是秋风扫落叶后的状态。年轻时她还做过努力，在某个周末突然心血来潮，系上三角状的花头巾吆喝着老周一起打扫屋子，那威风凛凛的样子简直像戴野鸡毛花翎征战沙场的穆桂英。每回打扫之后，家里确实光可鉴人。可过不了几天，又故态复萌。如此周而复始几番之后，潘家鲡就懒得了。主妇的工作，简直就是西西弗斯搬石头，就是驴拉磨，没有一丝一毫的意义。她向丈夫老周嗔怨。老周倒是从不怪她，为了安慰潘家鲡，甚至还矫枉过正地标榜自己更喜欢这种"凌乱之美"。潘家鲡虽然不相信他会不喜欢整洁而喜欢凌乱，但他能这么说，她心里也还是有一种压抑不住的女人自得。她和老周结婚都快二十年了，儿子周潘也十七了，按说早已到了"相看两厌"的阶段，可老周对她的爱，还是不减当年，不但不减，似乎还有越来越绸缪之意。"你家老周就是个奇葩。"苏旦说。每回如果是说这一类体己话题，苏旦就会屈腿抱膝坐到潘家鲡对面来，两个女人这时就呈亲密无间状。"你们也不怕把窗台压坍了？"有时苏旦的丈夫老孟推门探头进来，看见她们面对面坐那儿，会这么说上一句。半是好意——他真的有点担心哪天这两个女人会落下去，然后像陶瓷花盆一样摔个四分五裂，不是说四十岁以上的女人由于钙流失严重所以不经摔吗？半是挪揄，因为苏旦丰腴，而他喜欢拿苏旦的丰腴说事。苏旦最烦他这个，皱了眉让他回他的地儿。他的地儿在北面，一间八平米的书房。他平时起居活动一般都在那里。他们夫妇应该早就分居了。说"应该"，是苏旦在这个问题上有些闪烁其词。苏旦和潘家鲡不同，潘家鲡说起家事来，是"孤帆远影碧空尽"的一览无遗，而苏旦说她家的事，是"却下水晶帘，玲珑望秋月"的朦胧。而且，苏旦还说得少，总是潘家鲡说，苏旦支颐听。苏旦支颐的样子很好看，中间三根手指并拢了轻轻掩在半边脸颊上，小手指往外翘，初开兰花一样婀娜多姿。苏旦的脸本来有点大，是薛宝钗"脸若银盆"的面相，现在给三根手指一挡，就变成细半个银盆了，秀气得很。尤其好看的还是苏旦的腕子，肌肤丰泽，雪白晶莹，上面还戴了一串暗红颜色的珠子。"这是不是宝姐姐戴的那种红麝串？"潘家鲡拿这个打趣过苏旦。"什么红麝串！胡乱戴的。"潘家鲡不相信。苏旦可不是胡乱的女人，她做什么都是有讲究的。

那天早晨的约会潘家鲡当时没多想，还以为苏旦一时犯起了疏懒，所以约她。苏旦虽说一向严于律己，但到底也是女人，偶尔遇心情不好，或者生理周期，也会有不律己的时候。这也是她们做朋友的基础。潘家鲡佩服那个管束自己的苏旦，却更喜欢这个在大早上就开始约自己一起荒嬉的苏旦。所以苏旦的电话一来，潘家鲡立马就屁颠颠上去了。她要鼓励荒嬉的苏旦。但那天开门时潘家鲡微微觉得苏旦有点不对，至于哪里不对，潘家鲡一时也说不上来。后来潘家鲡才反应过来，是苏旦当时的样子不对。她不是和女友闺阁约会的随意样子，可也不是外出赴宴的盛妆样子，而是介于随意和盛妆之间：眉也描了，但似描非描，胭脂也搽了，但似搽非搽，头发也梳了，但似梳非梳——苏旦出门头发总是一丝不乱地绾在脑后的，那天的头发虽然也绾了，却有一两丝从额头散落下来。那样子，压根就是在家见客的样子。

汤癸的电话大概是在半个时辰后打来的。潘家鲴后来问苏旦，是不是他们早约好了？苏旦矢口否认，"怎么会？他那天正好来我们学校有事，事情办完了，突然想起我，就打个电话试试而已。"

对此潘家鲴有些怀疑。如果没约好，为什么苏旦事先描了眉搽了胭脂？

而且，她隐约还听到汤癸在电话里说："我已经在你家楼下了。"

潘家鲴当时还觉扫兴，她本来打算就那么坐在苏旦家的飘窗上和苏旦消磨一上午的，然后再蹭个饭。苏旦庖厨的手艺不错，是老孟所谓的"下得厨房"的女人。老孟开玩笑说过，潘家鲴和苏旦两个女人，都是半圆形女人，一个"出得厅堂"，一个"下得厨房"，要合在一起才算得上"出得厅堂下得厨房"的圆形女人。潘家鲴听了这话倒是很受用，却担心苏旦会恼，毕竟这种话，听上去虽是不偏不倚各打五十板，但对女人来说，"下得厨房"可不是什么赞美，尤其还是这种对比参照说法。但苏旦呵呵一笑，不恼。这也是潘家鲴钦佩苏旦的另一地方——大度，一点也没有其他女人那种争风吃醋的小气毛病。女人交友一般要"葱绿配桃红"，大家要长得差不多，才能心平气和做朋友。不然，就容易生出此起彼伏的是非。但苏旦不这样，苏旦的身边从来美女如云。

汤癸按门铃时潘家鲴打算告辞的。但苏旦说："别走了，是《评论》的副主编，刚走马上任的，认识一下吧。"

"这不太好吧？"

"有什么不好的？"

潘家鲤本来就不想走，经苏旦这一劝，真留下了。

那天他们三个人是在苏旦的房间里喝茶的。当时潘家鲤虽然觉得有些蹊跷，毕竟女人房间还是私密的地方，让一个男人进来是不是不太好？可苏旦的房间又和别人的房间不同，床头床边，桌上架上，都是书，所以说是书房也可以。而且，因为之前她们已经喝上了，茶壶茶杯现成摆在房间的桌上呢，于是苏旦在房间招待汤癸就有接着喝的自然而然，要说也没有太不得体。

潘家鲤初次和人见面一般都是端着的。所以那天她并没有和汤癸说多少，汤癸也只是礼节性地和潘家鲤搭讪了几句，从头到尾都是汤癸和苏旦在聊。他们俩是上海复旦读博时认识的，算老相识了。有很多话题好聊。某某某最近去日本了，某某某又发表了什么文章。都是潘家鲤不认识的人。潘家鲤插不上嘴，她也不想插嘴。于是就看起窗外的棟树来。他们小区种了许多棟树。正是开花的季节，小小的粉紫色花朵，若有若无地在绿叶间开着，平时不注意，几乎不知道它开花了，可若细看它，也自有一种风流态度。难怪罗丹说"美在发现"。仔细了看，什么都好看。她喜欢这样的时光。比起一个人在自家窗户前看花，她更喜欢这样在苏旦家看花。一边看花，一边听他们聊天。这当中，汤癸的眼神扫过这边一两次，然后很快又转回苏旦那儿了，她知道的。虽然她一直侧着身在看棟花呢。

苏旦那句话就是在汤癸走后说的："这个男人，这个男人，怎么说呢？可是很复杂的，你要当心点。"

好像知道他们玩了那种"看与被看"的游戏。

潘家鲋有点心虚，不知为什么，这种时候她总觉得亏欠了苏旦似的。

"怎么个复杂法？"等苏旦终于从指腹上的茧那儿抬起头来，潘家鲋问。

"这个男人嘛，做学问拿手，做其他事情也拿手。"

"其他事情？其他什么事情？"

"——勾引女人。"

她当时不知道苏旦说这句话的良苦用心，还以为苏旦和以往一样，在和她说体己话呢。毕竟她们是闺密。

不过，潘家鲋不介意。毕竟，臧否人物呢，苏旦有她的方式，她对人从来不执一端之词，总是臧一半，否一半。

潘家鲋后来想，如果没有苏旦那句话，自己对汤癸的兴趣会不会小一点儿？

这效果有点儿像禁书，某本书放那儿本来无人问津的，突然有一天被当局宣布为禁书，人们反而会趋之若鹜吧？

那之后，她们俩的聊天内容，就加上了汤癸。隔些日子，苏旦在潘家鲋面前就会有意无意提到汤癸。

"汤癸在复旦，当年是风云人物。"

"他导师，就是某某某。"

"前天汤癸给我寄了一本他的新书。"

也不多说，就那么一两句，然后就打住了。

总是潘家鲡自己好奇，忍不住往下追问。

"不会吧？他在复旦那样的地方是风云人物？"

"不会吧？是某某某？"

"一本什么新书？"

苏旦于是接着说了，是苏旦的方式，臧一半，否一半。

"能不风云么？博士三年，在权威刊物发表论文六七篇呢，连他导师，那么眼高于顶对学生严厉要求的老先生，都在公开场合称赞汤癸已经'雏凤清于老凤声'呢。"

"不过，最风云的，还是他的恋爱。姑且称之为恋爱吧。"

"他恋爱怎么了？"

"一而再，再而三，差不多是乱花渐欲迷人眼的程度。"

"那么多？"

"而且质量好。"

"怎么讲？"

"他染指的花，按他师兄师弟的说法，都是牡丹花级别的。"

"真的？看不出来嘛。"

汤癸的长相，以潘家鲡的眼光来看，也就尚可罢了。

"他写过一篇《书与食与女人》的文章，发在他的博客上，说人生唯有书与食与女人三件事情不可苟且：书需好书，食需好食，女人需好女人。其余，皆可以潦草。"

苏旦的语气，听起来是否，然而，又有一种"虽不能至，然心向往之"的臧。

这让潘家鲴，对汤癸生出了"狂童之狂也旦"的不满。

应该是一个月后的周末，苏旦约潘家鲴到她家吃晚饭。

"老孟不在家，去成都了。"

老孟不在家的日子苏旦喜欢宴客，既然庖厨的手艺好，不宴那不是白瞎了？可老孟如果在家，苏旦就宴不成。因为老孟会破坏气氛。打买菜起就开始找碴了。苏旦要买几个大闸蟹或干贝炖汤，"至于吗？"他在边上阴阳怪气来一句。苏旦要买点花插插，"至于吗？"他又在边上阴阳怪气来一句。虽然他那些"至于吗"也不起作用，苏旦依然我行我素买了，但宴客的美好心情多多少少还是会受一些影响。而老孟的破坏还不止这几句"至于吗"，他法子多得很，比如故意穿得邋遢，比如一直沉着脸，比如席间肆无忌惮打饱嗝，反正苏旦不喜欢什么，他就来什么。后来苏旦就怕了，只要老孟在家，她基本就不宴客了。

潘家鲴有时会觉得不解，苏旦那么玲珑能干的人，和谁都相处得行云流水，为什么独独和自己丈夫的关系搞得这么僵。

看来人都是有短板的，苏旦的短板就是老孟。

虽然不至于幸灾乐祸，但这让潘家鲴多少觉得有些平衡。

"你家里还有枸杞米酒吗？有的话带一壶下来。"

潘家鲡以为和往常一样，是两个女人的小酌。她们经常这样的，老孟出门了，苏旦就炒上几个菜，然后叫潘家鲡下来，两个女人就面对面坐了你一杯我一杯喝起来，也不会喝到酩酊，最多面红耳赤。面红耳赤后的潘家鲡话更多，什么都说，苏旦呢，就支颐听，脸上带着迷之微笑，间或也插几句嘴，是循循善诱，也是起承转合。这是她们聊天的一贯方式，由苏旦掌握话题方向，由潘家鲡负责铺排展开。潘家鲡喜欢这样。她这个人方向感差，容易犯迷糊，别说在陌生地方，即使在一条走过好几次的街道上，都能迷路。而苏旦正好相反，方向感特别好，不论是地理意义上的方向，还是非地理意义的方向，苏旦都十分在行。比如指导学生论文。每年一度的本科和硕士论文指导，是潘家鲡最伤脑筋的事情。学生几万字的论文交上来，简直像大海一样浩渺，她还没看呢，先就晕了，晕也没辙，还是要看，一遍又一遍地看，效果却是大海捞针，她往往只能发现论文里哪个字写白了写错了，哪个句子有语法错误，或者格式不对参考书目不规范，等等，都是些细枝末节的错误，而那些大问题，比如论述逻辑、论文纲目，甚至论文立论正确与否，她都看不出来。可苏旦只要略略几眼，马上就看出学生论文的方向性错误。潘家鲡见过她指导学生论文时的翩翩风采，话不多，且轻声细语，却提纲挈领一语中的。别说学生，就是一边的潘家鲡听了都觉得受益匪浅。

　　所以两个女人的友谊，有天作之合的意思。至少在潘家鲡这边，是这么以为的。于是只要苏旦的电话一来，潘家鲡就招之即去。

但那天一进苏旦家的门，潘家鲫就愣了——不是两个女人的小酌，而是四个人的大酌。

除了汤葵，厨房里还有一个系围裙的美人，在帮苏旦打下手。

难怪苏旦在电话里豪气地说"带一壶下来"。

美人叫陈燕，是苏旦的学妹，从南京过来。

"怎么样？漂亮吧？我说过的，我身边美女如云。"苏旦一边忙着烹庖，一边对汤葵和潘家鲫说，那语气，好像在炫耀她拥有的又一件十分得意的收藏品。

陈燕也转身打量了一眼潘家鲫，然后端谨地点点头。

大概对潘家鲫的印象是"不过如此"。

潘家鲫有些恼，觉得苏旦过分了，既然有客人，为什么不提前说一声？她至少要梳个头换件衣裳，而不是就这样"首如飞蓬"地过来。

"怕什么？人家汤葵说了，你是粗服乱头，不掩国色。"

这是后来的对话，当时潘家鲫也不过端谨地点点头回应，然后在苏旦家的椴木餐桌边坐了下来。

苏旦从来不让潘家鲫打下手，不是怜香惜玉，而是认为潘家鲫"压根没有打下手的资质"。切菜不会，该切大块的，她切成小块，该切长段的，她切成短段。备佐料不会，因为不知道先后次序，这边姜蒜要下锅烩了，那边她还在慢悠悠地择着葱呢。"备个佐料还要讲先后次序？"潘家鲫抱怨。苏旦都

学姐，你别掉书袋好不好？那秋油到底是个什么"东东"？陈燕的琥珀瞪得更圆了。

说白了，就是酱油。

李锦记还是千禾？

都不是，要私制方可。

别吓我，你还私制酱油？

私制酱油怎么啦？也不比写论文难。

天哪！天哪！你这个女人，太可怕了，太可怕了。

没有秋油，怎么敢给我们汤主编做《随园食单》的菜？要知道，秋油可是《随园食单》不可或缺的主角儿。在袁枚的三百二十六道菜肴点心里，它反复出现过七十二次呢。素菜单里的第一单，著名的蒋侍郎豆腐，就用到秋油，"秋油一小杯"；还有著名的问政笋丝，"龚司马取秋油煮笋"。所以，做随园菜，没有秋油可不行，苏旦说。

这也是潘家鲡佩服苏旦的地方。老子说治大国如烹小鲜，苏旦呢，却是烹小鲜如治大国。潘家鲡相信，就算给苏旦一个大国，她肯定也治理得来。

什么时候给我们做蒋侍郎豆腐呢？汤癸问。

潘家鲡突然觉得酒酣耳热。他说的是"我们"，不知为什么，潘家鲡觉得这个"我们"有些意味深长，应该不包括陈燕的，她在南京呢，总不好为了吃几块豆腐而千里迢迢过来，而苏旦显然也不在"我们"里。那这个"们"，就是单指潘家鲡了？

但他问这句话时，没看潘家鲡一眼的，只是一心一意地吃着那鸡片里的梨。梨炒鸡，真是任性的搭配，如果不是《随园食单》里的菜谱，潘家鲡简直怀疑它是黑暗料理。但它味道确实独特，又素又荤，又清又浊，让人生出混淆。像汤羹。

潘家鲡从来搞不清复杂的事物，但正因为搞不清，就总是被复杂的事物吸引。

他们约吃蒋侍郎豆腐，又是在一个多月后。

那已经是秋天了，秋冬的潘家鲡不怎么喜欢出门，因为风，也因为冷，潘家鲡怕冷。他们这个城市一到秋冬，寒风凛冽的日子就特别多，隔着玻璃看窗外的楝树，经常都是斜的，那样子，让潘家鲡生出"树犹如此，人何以堪"的忧伤。这种日子如果没课，潘家鲡就喜欢拢了被子玩"枕上诗书闲处好"的情调。而苏旦如果这时约，潘家鲡因为贪恋被窝的温暖做不到招之即去。因为这个苏旦嘲笑她，说人类进化到今天，怎么还有行动受四季更迭支配的人？又不是低等动物，刺猬仓鼠之类，一到冬天就要冬眠，一到春天就要交配。又不是植物，桃树梨树之类，一到春天就开花一到秋天就结果就落叶。人类可是高级动物，所谓高级动物，不就是不再受自然支配而可以反自然生存吗？

每回苏旦这么说上几句，潘家鲡也就去了，总是这样。不是因为苏旦的低等动物高等动物论，而是不论苏旦说什么，潘家鲡最后都会听的。这就是她们的关系。苏旦也知道的。

出乎潘家鲡意料的是，这一回，还是四个人。

又有一个苏旦的学妹，从上海过来。

"怎么样？漂亮吧？我说过的，我身边美女如云。"苏旦的语气依然是炫耀收藏品的语气。

和上回几乎一模一样。苏旦仍是借花献佛，"小苡，不给我们汤主编倒一个？"那个叫小苡的学妹，大方得很，马上就笑嘻嘻倒了。而汤癸仍是矜持，一门心思都在那蒋侍郎豆腐上。

好像那豆腐，远比桌上的几个女人有魅力。

"狂童之狂也且"，潘家鲡觉得汤癸过分了。

一边觉得过分，一边又觉得对苏旦年轻漂亮的学妹也爱理不理的汤癸——怎么说呢——莫名其妙有一种吸引力。

男人一清高，就有几分可看了。至少潘家鲡的男性审美，是这样的。

饭局加上之后的普洱茶叙，足足有两个时辰吧，两个时辰里有一个时辰汤癸的眼睛是盯着桌上的菜的，还有一个时辰盯着《随园食单》，他一边喝着普洱茶一边翻看着那本书。他说要给苏旦蒋侍郎豆腐打分的话，还是要看标准答案的，不然就有失公允。中间当然也有穿插，苏旦的学妹不时会问一句汤癸什么话，"汤主编，我最近写了篇论文。""嗯。""关于女性主义批评的。""嗯。""可以投你们期刊吗？""嗯。"一直是嗯。多余一个字也没有。苏旦的学妹倒不介意，还是笑靥如花，还是"汤主编，汤主编"地斟着茶。如今的年轻人，也是豁出去了。一边的潘家鲡清淡地笑着。她从来没有向汤癸开口说过发文章的事。

也没听苏旦说过。

然而，有一回在系资料室，听到两个老师在聊《评论》，一个说，以前还好点，自从《评论》升级为 C 刊后，在上面发文章愈加难了。另一个说，某某上个月不是发了一篇吗？一个说，嘁！那还不是她和副主编汤葵认识。另一个说，是吗？上次我还问她，认不认识《评论》的编辑，想让她帮忙引荐一下，她说不认识呢。一个说，哼！能告诉你吗？那可是她的人脉呢。

某某就是苏旦。

潘家鲡当时站在书架后面，那两个老师没看见她，看见了许就不会说了，大家都知道她们俩是闺密呢。

潘家鲡一时五味杂陈，既若有所失——苏旦在《评论》发文章的事，竟半句也没有在潘家鲡面前提起，就那么不声不响地发了，她倒是不落言筌！又略感安慰，毕竟当初苏旦对她说了那句话的——"是《评论》副主编呢，刚走马上任的，认识一下吧。"

要说，苏旦对她，也算真心了。

可这是苏旦用《随园食单》宴请汤葵的原因吗？

苏旦和她都还是副教授，对于晋级教授，潘家鲡基本是放弃了的，不是不想，而实在是"洵有情兮，而无望兮"——他们学校评教授至少要五篇 C 刊论文两个国家课题呢，潘家鲡差之甚远，所以干脆就不望了。而苏旦望不望，潘家鲡不清楚，她们不太谈这个话题的。她们在一起，谈饮食，谈男女，谈风花雪月，却不怎么谈那些宝玉所谓的"混账话。"但潘家鲡猜，苏旦对教授应该还是在望的，不然花那么多时间在"正经事"上做什么？虽然她看上去也是云淡风轻，甚至偶尔还会故意对潘家鲡喟叹几句"教授又如何"或"对酒当歌，人生几何"之类的颓废话——那意思，好像不打算评教授了似的。

潘家鲡这时候总是热烈地附和，就是，就是。

友谊和爱情一样，如果要长远，最好还是要"燕燕于飞，差池其羽"的。

这样才能做志同道合、比翼双飞的朋友。

是在吃罗襄肉那一次？还是在吃白片肉那一次？

应该是在吃白片肉那一次吧，记得汤癸还说了"寒士请客，宁用燕窝，不用白片肉"那句话。

当时潘家鲡听了这话还感慨，比起自己，汤癸应该是更高级的食客。苏旦之所以这么不厌其烦精益求精地用《随园食单》食侍汤癸，或许和论文没什么关系的，他们一个学院派烹，一个学院派食，往雅了说，也是高山流水，也是琴瑟和鸣。

他们一起从苏旦家出门的时候，汤癸突然问，要不要去燕鸣湖行散行散？

潘家鲡一时愣了，她应该说"不要"的，那时已经夜晚九点多了，按台莱瑟的理论——台莱瑟是潘家鲡正在看的英国小说《迷惘》里的角色，一个假正经的老女人——"规规矩矩的女人，在晚上九点后是不应该出门的"。或许是因为不想做台莱瑟，也或许是因为别的什么，反正愣了一下之后就跟着汤癸去了。

虽然喝了几杯枸杞米酒，潘家鲕的身子处在微微发热的状态，但脑子还是很清醒的。苏旦不是说汤癸在女人那儿一直所向披靡吗？在她这儿，她要让他靡一回。

想到苏旦支颐而听的表情，她有些忍俊不禁。

这事第二天潘家鲕肯定就要和苏旦说的，对潘家鲕而言，描述这事的乐趣可能比这事本身的乐趣更多些。

为了有更多的描述素材，她几乎带着一种诱敌深入的鼓励神情和汤癸慢悠悠走着。

没想到，真的只是行散，绕燕鸣湖月白风清地走了半周之后，汤癸突然往回折了，"回去吧，有点凉。"

潘家鲕一时猝不及防。

那之后，他们的约吃就急鼓繁花起来。

老孟去韩国成均馆大学访学半年。苏旦说，她要赶在老孟回来之前，把《随园食单》里的"特牲单"和"杂素菜单"做个大概。

"下回给我们做什么？"

每回肴核既尽杯盘狼藉之后，汤癸就会这么问。

这"我们"，当然是汤癸和潘家鲕。

苏旦那些"你方唱罢我登场"的学妹们，都是只唱一回就再也不见芳踪的。

下楼后"我们"照例要去燕鸣湖行散，这成了惯例了。

有时绕湖行散半周，有时绕湖行散一周。

"回去吧，有点凉。"

或者"回去吧，有点累。"

每回汤癸都主动提出结束。

一副思无邪的样子。

到后来，反是潘家鲡有些意犹未尽。

既然这样，为什么不约上苏旦呢？

潘家鲡捉摸不透这个男人。

行散的时候，汤癸仍然话不多，就算开口，也不过谈几句他最近读的书，或者那些书的作者。

那些书和作者，潘家鲡大多没听过，没听过潘家鲡也不问，默默记下来回家自己上网查，查后再读再看，算补课。这有点儿像她原来读研时和导师谈话时的方式，他讲，她听。

这倒对了潘家鲡的路子，她总这样的，对学富五车的人，一面有"非吾类也"的抵触，一面又有"怀哉如金玉，周子美无度"的趋近。

直到多年后，潘家鲡才想明白，汤癸那时对她用的是"渭水钓法"。

在汤癸这儿，她一直都是柳宗元《小石潭记》里的鱼，"皆若空游无所依，日光下澈，影布其上"，也不论她是"怡然不动"，还是"俶尔远逝"，汤癸都看得清清楚楚。

是苏旦出卖的她。

她这边刚和苏旦说了什么，苏旦那边马上就告诉了汤癸，包括一开始潘家鲡要"让他靡一回"的想法，包括这想法的消失，包括后来她说"汤癸这个男人不苟言笑的样子挺性感的"。

他就是在她说了"汤癸这个男人不苟言笑的样子挺性感的"之后出的手，火候刚刚好，没有早一点，也没有晚一点。

更诡异的是，后来她们俩聊天时——自从和汤癸好上以后，潘家鲡就更喜欢往苏旦家跑了，仿佛成了一只热铅皮屋顶上的猫，总是躁动不安——是聊老周，大概又是说老周怎么怎么好，不知为什么，潘家鲡后来更喜欢说老周好了。苏旦仍是支颐听，听着听着，有一回，她突然冒出句："老周就一点儿也没有察觉？"

察觉什么？潘家鲡一时愕然。

苏旦不说话了，只是笑容突然波谲云诡。

察觉什么？潘家鲡这时已羞得面红耳赤。

你和汤癸的事呗。

什么意思？难不成苏旦已经知道了？

可潘家鲡明明没有告诉她呀。

关于她和汤癸的事，潘家鲡也就说到"汤癸这个男人不苟言笑的样子挺性感的"为止。

苏旦倒是试探过，问汤癸对她有没有"折花之举"。

她矢口否认——"可能我还不够牡丹花级别吧。"她说。

她再傻，也不至于把这种事情告诉苏旦的。

那苏旦怎么知道的呢？

她突然反应过来，是汤癸说的！

苏旦不否认。打汤癸第一次在燕鸣湖某棵槭树后突然抱住潘家鲴——他如何抱潘家鲴，潘家鲴又如何反应，到最近一次他们在"香溢花城"的公寓约会时，他如何如何，潘家鲴又如何如何，汤癸事无巨细统统都告诉了苏旦。

潘家鲴的整张脸紫成了卢八太爷家的茄子。

原来在他俩那儿，她一直都是"皆若空游无所依，日光下澈，影布其上"的鱼。

他们配合默契，一个学院派烹，一个学院派食，把她当《随园食单》"江鲜单"里的一道菜了——她这才反应过来。

苏旦评上教授，是一年后的事。

"你不去楼下祝贺一下？"老周在校园网看到人事处的公示后，对潘家鲴说。

潘家鲴没作声，那时她和苏旦早已不来往了。

苏旦的闺密，换成了中文系一个新来的女老师，叫李苤蓝。

苤蓝应该归入"杂素单"吧？

潘家鲴看着窗外的淡紫色的楝花想。

春 秋

　　他们第一次见面是在某个会议上，好像是"中国文学中的地理学研讨会"，也可能是"中国地理学中的文学研讨会"，她记不太清了。吃饭时，他正好坐在她边上，主动和她搭讪上了。很清淡的搭讪，没有男女意味的。这一点她看出来了。他和她谈论生鱼和芥末。那天有一道生鱼片，红艳艳的，花瓣一样，整齐地摆放在晶莹剔透的冰上，盛放它的器皿也是晶莹剔透的牙白瓷，在璀璨的水晶灯下，好看得炫目。她胃口一向不太好，每次坐在琳琅满目的餐桌上，她往往看的时候多，举箸的时候少。尤其近些年，不吃的东西愈来愈多了，油腻的不吃，加了花椒大料的不吃，长相丑陋的不吃。桌上剩下的也就不多了。所以每次吃东西时，她总是盯着一样两样食物不放。"显得多么一往情深似的"——这是后来他调侃她的话，"多么奇怪的女人，对一盘生鱼片一往情深。"餐桌的转盘总是慢悠悠的，一圈转下来，盘里的菜就所剩无几了。所以当那道她想吃的食物经过她面前时，她会尽量不引人注意地多夹几下，在转盘刚转过来，大概转到她右方七十度角时夹一下，垂直于她时夹一下，转走前大概到她左方七十度角时再夹一下。这当然需要技巧，也需要食物的配合，有时食物是那种圆乎乎滑溜溜的，比如芋艿，她就完全没有办法夹几下了。不过，芋艿那样的食物不多，加上她这方面技巧娴熟，所以一般情况下，她都能优雅做到的。她是那种吃相很好看的女人，慢条斯理，不慌不忙，像猫一样——这后来也成了她丈夫不满她的地方之一，"你能不能饕餮一回？"他皱了眉头对她说。她知道这句话是隐喻，他其实在指其他方面。年轻时他本来是个保守的男人，动不动就眼睑桃红，像古代戏剧里化了妆的小生一样。她多数时候也是保守的女人，像他一样。所以他们才会成为夫妇。但她毕竟是学中文的，偶尔也会玩点儿"疏影横斜水清浅，暗香浮动月黄昏"的名堂。他那时似乎不太喜欢她这种旁逸斜出，总是慌乱地制止她，"别这样，小周。别这样，小周"——他一直叫她小周的，不论在两人衣冠楚楚时，还是在两人衣衫不整甚至根本没有衣衫时。开始时她听了略略有些失落。"小周"这称谓是不是太见外了点？系里稍微上了点岁数的男同事都叫她小周呢。同事也叫，他也叫，不就显不出远近了吗？可不叫"小周"让他叫她什么呢？叫莉？叫珍？或者叫莉珍？她的名字是周莉珍。她认真地苦恼过，甚至私下里学了他的样子用那些称谓——叫过自己，听起来也是怪怪的。他那个人，还是适合有些见外的称谓吧？小周，他这么叫她。老季，她这么叫他。他姓季，叫季纳新。他其实比她也大不了几个月，两人同岁，都属羊。所以在叫老季还是小季时她踌躇了好久，最后还是决定叫老季了。这是女人的小心机。往老了叫男人总比往少了叫更稳妥。当然"小周"、"老季"听起来有些疏远，但怎么说呢？疏远里也有一种相敬如宾的意味。也挺好，她后来觉得。反正夫妇最后都要"如宾"的吧？她一直以为他们会这么相敬如宾一辈子的。没想到，中年之后，他似乎突然明白了"闺阁之乐有甚于画眉者"，竟然不满起她的保守撙节来。"你能不能饕餮一回？"他不止一次这么含沙射影地抱怨她了。她觉得好笑。"求仁得仁，又何怨焉？"他不是喜欢端庄的吗？当初她衬衫的扣子少扣一个，出门前他也要她扣好。裙子稍微薄一点儿，他会让她站到光线好的窗前转过来转过去，各个角度都端祥遍了，然后坚决地对她说："这裙子透光，不能穿。"她虽然嫌他过于保守，但在心里又有点欢喜。这就是女性。不喜欢被管束，也不喜欢被放任。像她小姨婆所说的，女性天生是有风筝品性的，喜欢在天上飞，飞时又喜欢尾巴上被拴根丝线。年轻时她倒是有过饕餮的兴致和胃口，"别这样，小周。别这样，小周。"他那时喜欢这么制止她，当她言行举止有点儿过了时。有一回，他们去樱花谷赏樱，当时是三月末，已是暮春，樱花开了一半，谢了一半，树上有花，地上也有花，花树间还有微微吹拂的风，是花谢花飞的意境，她当时就痴了，特别想"不端庄一回"——"不端庄"是奈保尔《浮花》里庄园管理员妻子的话。那女人是个荡妇，在和男人纵欲之后，到教堂去忏悔说："神父，我不端庄了。"有意思得很。她一个学古典先秦文学的，就算平日撙节，但只要介质合适，那种"桑间濮上"的思想就会忍不住冒出来。但他不干，"别这样，小周。别这样，小周。"——就是这么个古板的人，后来竟然抱怨她："你能不能饕餮一回？"

人最后或许都会走向自己的反面。假如他年轻时是个放浪形骸的人，说不定现在就收敛了。知识分子都有"吾日三省吾身"的习惯，三省的结果，就是否定自己之前的行为，然后对之后的行为做出矫正。像老季这种老实人，是会犯矫枉过正的毛病的，之前是过于保守，之后又过于放任。

准确地说，是想过于放任。他只是一味地抱怨她，自己却没有什么行动，可能也是不知道如何行动吧？马尔克斯不是说过吗，爱是一种本能，要么生下来就会，要么永远也学不会。他想放任，却不知如何做，于是急切地指望她来启蒙和领导他，像学科带头人那样。学校里的课题组不就这样吗？老带新，教授带讲师。她一个搞文学的人，这方面理所当然是擅长的吧？应该是教授级别的吧？他肯定这么想了。

她不知道自己擅不擅长，也没有机会试过，谁知道呢？可即使擅长，她后来也没有那胃口了。"人过四十妆更浓"，女人大都这样吧？中年以后，因为"菡萏香销翠叶残"，于是愈加死劲地浓妆艳抹，试图抹杀衰老的痕迹，却欲盖弥彰了。老季单位上就有这么个女人，是办公室主任，姓鲍。"季师母呀，季院长在吗？"每次她打电话来，都是这么一句。她讨厌那女人声音里的脂粉气，还有那一声近乎恬不知耻的"季师母"——也是老大不小的年纪，比她也小不了几岁，却好意思叫她季师母。世上厚脸皮的女人不少的。"是鲍小姐呀。"每次她都这么回应，这是文学女人的刻毒。那女人肯定没读过钱锺书的《围城》的，不然就不会那么开心地笑纳她这句"鲍小姐"了。她本来不是个尖酸刻薄的女人，平日待人，哪怕是待年轻漂亮的同性，她也能温柔敦厚的。至少看上去是温柔敦厚的。所以老三——老三是研究生时的室友，说她是林黛玉的身子，薛宝钗的性情。老三有段时间特别喜欢用"……的身子，……的性情"来造句。老三说她们师兄"是贾环的身子，贾宝玉的性情"，说自己"是潘金莲的身子，李清照的性情"，有时又会倒过来，是"李清照的身子，潘金莲的性情"。宿舍里的人起哄，要她说说潘金莲的身子和性情是什么意思？李清照的身子和性情又是什么意思？老三总是不负众望地回答："一个淫荡，一个不淫荡呗。"反正在宿舍，大家口无遮拦。那真是一段"不端庄"的美好时光。当然，老三说她"林黛玉的身子，薛宝钗的性情"，听起来是好话，其实也不全是，其中有寓贬于褒，也有寓褒于贬。林黛玉的身子虽是娇花照水，也是病秧子；薛宝钗的性情虽是温柔敦厚，也是八面玲珑和世故。她不是不懂老三绵里藏针的讥讽，但她从不和老三计较。她哪里是八面玲珑和世故，不过是天性不喜和别人争风罢了，意见不合时往往也"讷于言"，不像老三那样伶牙俐齿锋芒毕露，所以给人感觉就老谋深算似的。但不知为什么，她对鲍小姐就是温柔敦厚不起来，打第一回见面就这样。那是某个寒假，下雪天，老季单位组织大家去庐山看雪，然后到西海泡温泉。她当时还诧异。这些搞理工的人，什么时候风雅起来了？竟然还组织去看雪？后来才知道是新调来的鲍小姐的提议。鲍小姐原来在学校宣传部任干事，"干事"了很多年，也没机会提拔成副科，一郁闷，就调到老季单位来当办公室主任了。可老季为什么会听一个初来乍到的女人看雪建议呢？她隐隐有些不悦。"光看雪？不找个亭子喝茶？"她当时这么说，老季照例听不懂。隔行如隔山，他一个搞湍流研究的，没读过张岱的《湖心亭看雪》，当然也就听不懂她话中带刺。她有些意兴阑珊。这种时候，她和老季，从来不可能关关和鸣的。别说关关和鸣，简直就是鸡同鸭讲。"你要不要去？"老季问她。他们理学院男多女少，搞这类活动，为了生态平衡，都鼓励带家属的。她和以前一样，在犹豫了一会儿之后，还是决定去，虽然明知道去了也没什么意思。可一个人在家，又有什么意思呢？

那么冷的天，鲍小姐穿丝袜，一双及膝的黑靴，一件玫瑰红的薄大衣，敞开着，里面是珍珠粉羊绒衫。鲜艳得像一只蝴蝶，把另外几个家属衬得黯淡无比。包括她。她那天穿一件黑色长羽绒外套，系一条灰绿相间的细格子羊绒围巾，很经看的，如果细看的话。她后来和他见面时，他就称赞过她这条围巾，"有一种清淡的美"，他说。她喜欢这评语，认为是切中肯綮的内行称赞。她之所以一直和他若即若离地交往着，也和他这审美眼光有关系。像他这样能欣赏灰绿色的男人不多的，多数男人都是喜欢玫瑰红色的俗物。那一次鲍小姐出足了风头。她本来就是个有些沉闷的人，在鲍小姐的风头下，更加沉闷了。两天的行程里她几乎没说什么。说什么呢？"这雪真美呀！"有人说。"——真美呀"，有人附和。那些理工男和他们的家属，翻来覆去，也就这些单调的话。如果是和中文系的同事来，这种时候他们肯定会孔雀开屏般斗诗文的——"忽如一夜春风来，千树万树梨花开"，"千山鸟飞绝，万径人踪灭。孤舟蓑笠翁，独钓寒江雪"，"天于云于山于水，上下一白"，"大雪三日，湖中人鸟声俱绝。是日更定矣，余拏一小舟，拥毳衣炉火，独往湖心亭看雪"——同教研室的老孟，一定会背《湖心亭看雪》。老孟治明清文学，平日最喜欢张岱，只要逮着机会，就会声情并茂地来上几句。如果有这么好的机会，他一定要掉这个书袋的。而老鄢，为了和老孟捣乱，肯定会大声背打油诗，"天下一笼统，井上黑窟窿，黄狗身上白，白狗身上肿"，"一片两片三四片，五六七八九十片。"两个老头是死对头，因为文学趣味的不同。老孟雅，老鄢反雅。老鄢俗，老孟反俗。两人动不动就对掐起来，有时掐得格调不高，这就不是孔雀开屏而是斗鸡了——像两只抖擞了羽翅憋红了冠子的老公鸡，斗得不亦乐乎。而段锦年——段锦年教授是中文系的资深才女，古体诗写得特别好，尤其绝句，有王维之禅意、太白之风度。这时候就会出来调停，用口占一绝的方式。两个老头虽然彼此颉颃，却都服段锦年的，于是停下斗争，一起为段锦年喝起彩来，气氛于是转为一派祥和的热闹。每回差不多都这样。反正文学教授出来赏雪，决不可能像物理学的教授，只是不断说"这雪真美呀"、"真美呀"就算了事。如果只是这样，还赏个什么雪呢？压根就"应是良辰美景虚设"。不过，话又说回来，像中文系同事那样对着雪不住地聒噪美景就不虚设了吗？好像也不是。她和他们在一起时，当时不也嫌弃他们酸文假醋且太吵了吗？想想看雪这种事情，还是要一个人，像柳宗元《江雪》里的那个渔翁，"独钓寒江雪"——老头是真风流，不钓鱼，钓雪。像"独往湖心亭看雪"的张岱，也是一个"独"。没有他们这样的，一群人，闹哄哄的，这不是看雪而是看元宵闹花灯了。

那两天，她从头至尾都带着这微微不屑的态度。

也不单是对别人，对自己，她一样也是不屑的——那么看不上那些人，为什么要来呢？为什么不"独"在家呢？她完全可以学李白，来一回"雪中独酌"。李白不是有"月下独酌"吗？"花间一壶酒，独酌无相亲。"她也可以"雪中一壶酒，独酌无相亲"嘛！却没有，而是以家属的身份来了。

来了又不好好和大家"众乐乐"，而做出一副遗世独立的样子，算什么？

可她就是这样的人，只要有活动，就消极地参加。参加了之后呢，又消极地抵触。

弗洛姆说，我们渴望与众不同，又害怕与人隔绝。

是这样吗？

每一次出来后总会有什么事情让她郁闷的。那两天里，让她郁闷的，是鲍小姐鲜艳的玫瑰红大衣，还有她那套"鲜艳人生论"。

"鲍主任，你大衣的颜色真鲜艳哪！"

在说完"这雪真美呀"之后，那些理工男的家属又夸起鲍小姐来了。

"——真鲜艳！"有人这么附和。

鲍小姐听后容光焕发，风头更足了。

"当然要鲜艳，为什么不鲜艳呢？"

"如果你们喜欢去公墓散步的话，就知道鲜艳的必要了。公墓可是个散步的好地方，尤其是外国公墓，花园一样干净好看。比起读书，我更喜欢读那些墓碑上的字。某某某，于某年某月某日，至某年某月某日。有的碑文，在某年和某年之间，只隔了十几二十年，或十几二十个月。那真是惊心动魄！什么哲学书，什么历史书，比得上墓碑？

"既然每个人最后都要尘归尘、土归土，到那灰扑扑的石碑下面去，那么活着时我们为什么不鲜艳一点呢？"

"特别是女人，更应该鲜艳。想像花朵一样绽放就像花朵一样绽放，想像蝴蝶一样翩跹就像蝴蝶一样翩跹，想像孔雀一样开屏就像孔雀一样开屏。"

"不能鲜艳地死，至少要鲜艳地活。"

一车的人都鼓起掌来。

这女人，真能白呼。

也是，人家之前可是宣传部的干事呢。

她终于明白丈夫画风大变的原因了。原来是受了鲍小姐这套"鲜艳人生论"的启蒙。

"你能不能饕餮一回？"这话的内在精神，仔细一琢磨，和鲍小姐的"想像孔雀开屏就像孔雀开屏"是如出一辙的。她甚至怀疑，老季每次说这句时，说不定都想象了一下鲍小姐开屏的样子。

鲍小姐虽然也不年轻了，但身体那么丰满，秀发又那么茂盛，开起屏来，应该是粲然可观的吧？

多年后她还清楚地记得餐桌上他搭讪她的话，"你怎么不蘸酱呢？"她当时正专心致志地咀嚼着嘴里的生鱼片，没以为他那个"你"就是说她。"生鱼这种东西，不蘸芥末，也能吃吗？《论语》写到孔子吃脍，可是'不得其酱不食'的。"他一边说，一边把那贝壳形酱碟从桌上取了下来，搁她面前。大盘里的生鱼片已经没了，只剩下晶莹的碎冰和几片番芫荽紫苏叶，还有一小团切得细细的萝卜丝。她这才反应过来他是在对她说话呢。她脸一下就红了。他注意到她没蘸芥末呢。那么，他一定也注意到了她那七十度——九十度——七十度的三连夹了。那么一大桌人，半桌在觥筹交错起坐喧哗，半桌在热烈地讨论文学和地理学之间的内在关系，讨论"京派"和"海派"文学的地理学特征。她以为自己是完全隐身的呢。所以才好意思三连夹呢，才好意思把那三连夹的战果囤在碗里然后细嚼慢咽呢，像猫一样。没想到，还是有人看见了的。这让她觉得自己像《笑林》里的那个楚人，拿片叶子就以为隐身了，于是公然去取人财物。她有些恼羞。他干吗不去和他们一起讨论文学和地理学的关系呢？干吗非盯着她吃生鱼片呢？但她还是听话地把生鱼片放进碟子蘸了蘸，这是领情的意思了。她身上总有一种因长年累月的被男性冷落和忽略所带来的胆怯和温顺。一股非同一般的辛辣以排山倒海的气势自鼻腔奔腾而出，她赶紧用餐巾摁住了自己的鼻子。"《礼记》说，春用葱，秋用芥，他们本来应该用葱的。"他又说，推卸责任似的。

那天他也就对她说了这几句话。

离席时他们彼此留了联系方式，这没什么，一桌的人都留了的，这只是社交礼节，她没多想什么。对男人她从来不多想的。经验告诉她，多想也是无益的。一个像她这样没什么姿色的女人，又不是花样年华了，如果还有多想的习惯，那是非常有伤害性的。

他打来电话是在一年后了。

"我是孙辛酉。"

她"哦"了一声，含含糊糊的，好像一时没想起"孙辛酉"是谁似的。

其实他一自报家门，她就知道是他了。不是因为他的声音有什么特别，而是她这儿实在"人迹罕至"，除了老季和教研室主任，几乎没有别的异性打电话给她的。所以才过耳不忘呢。

她的含糊或许打击了他。他的语气低靡了下来，"还记得吗？在'庄生记'——吃生鱼片——蘸芥末。"他试着用一个一个关键词提醒她。

她哧地笑出声来，这一哧，是恍然大悟的意思了。

他松了一口气，问她有没有时间。

他到她这个城市来讲学。不是什么真正意义的讲学，不过是借机向学校请假好出来走走。三月了嘛，万物复苏，他觉得自己也应该从冬蛰中复苏复苏。正好《生态批评》杂志社邀请他过来搞个讲座。讲座才半天，而他做了三天的时间预算。他原来以为主编会安排好接下来的两天半的，却没有。主编说，现在有八项规定，什么活动也安排不了。他本来想干脆提前走算了，想想又不甘心，觉得还是应该既来之，则安之。一个人也可以去周边看看江南的"杂花生树，群莺乱飞"嘛，说不定也别有一番情趣呢。

但他突然想到了她，她不是在这个城市吗？那他为什么要一个人去看"群莺乱飞"呢？那不是太寂寞了吗？好像他的社交生活过得还不如鸟似的。他在电话里这么对她说。

她又哧地笑了，笑到一半，觉不妥，立刻止住了。

这个男人，有点意思的。

"有时间的话，一起去看'群莺乱飞'如何？"

她计较起他说的话。他是"突然"才想到她。也就是说，他想到她是一件十分偶然的事情，完全也可能没有那个"突然"。既然如此，她凭什么陪他去看"群莺乱飞"呢？

——早就看过了，她迟疑了一下，说。

再看一次呗，他说。

这对话让她想起了《溱洧》，"女曰观乎，士曰既且。且往观乎？"

只不过，士与女的问答颠倒了一下。他是女，她是士。

他们是在戏仿《溱洧》吗？

她又哧地笑了。

他也笑了。他自然知道《溱洧》的。那次会议上他的发言就谈到了《溱洧》中的地理学和文学的关系呢。

且往观乎？他愉快地问。

她在电话这头抿了嘴笑，没说话。

没时间的话，就算了。许是因为她没说话，他要把邀约收回去似的。

她有点慌了。这怎么可以？

有——有时间的，她说。

那天是周五，她本来打算去小区后面菜市场买香椿叶的。那个卖香椿叶的老女人只有周五才来。每年春天的这个时候，她都要做上一两回香椿叶炒鸡蛋。她喜欢做这种节气菜，有农耕时代的饮食特点。春天吃香椿叶，夏天吃马齿苋，秋天吃生蚝和蟹，冬天吃火腿煨冬笋。像古代结绳纪事，又像原始人的季节更迭仪式。这样一来，厨房生活就不止是油盐酱醋，而是春夏秋冬了。她喜欢赋予厨房生活某种意义。人类不都是这样吗？在一切无意义的事情上寻找意义。这样才能活得兴头十足。买完了香椿叶她还要去办公室，她之前约了学生谈论文的事情。三月末四月初是学生作文开题报告的时间了，可她指导的其中一个女生的开题还存在许多问题呢，她需要好好再指导一下的。但这些事情和与他一起去看"群莺乱飞"比起来，一下子就显得无足轻重了。

毕竟这是史无前例的事情。

还没有哪个男人约过她看"群莺乱飞"呢。

在酒店大堂见面的时候，她几乎没有认出他来。他穿一件灰色风衣，黑色休闲裤，比印象中要瘦一些，也要老一些。许是因为他胡子拉碴？印象中他是没有胡子的。他看见她时似乎也愣了一下，好像来的这个女人，也不是他印象中的那个女人，或者说想象中的那个女人。她心里咯噔了一下。他这是在失望么？那天她穿一件灰蓝色小外套，一条黑色铅笔裤，蜻蜓般的颈上系了条细小的紫花绿叶丝巾。从大堂旋转门出来时，她瞥见玻璃上的女人，还是相当优雅精致的。不过，这是在她的眼里，是她看她。可他看她呢？他坐在大堂沙发上看她从旋转门进来时，会不会看见的只是一个灰扑扑的中年妇女？

我见青山不妩媚，料青山见我应如是。是这样吗？

或许她还是应该穿那件胭脂红裙子来的，那件至少鲜艳点。可正因为鲜艳点，她才在出门前脱了下来。每回在鲜艳和暗淡之间做选择，她最后一定会选择暗淡的。所以老季才会说："你能不能饕餮一回？"

不能。如果能的话，她就不是周莉珍，而是鲍小姐了。

鲍小姐是鲜艳论者，她是反鲜艳论者。

她带他去了湿地公园。他不是说要看江南的杂花生树群莺乱飞吗？湿地公园是这个城市有最多植物和鸟的地方。

他比她兴致好。在什么不认识的花草树木前都要停下来，他手机里装了一款识别植物的软件。只要把不认识的植物拍下来，一到五秒钟它就能把这些植物的名字和寓意说出来。他像孩子一样惊叹不已。"哇！这就是李花。""哇！这就是蒿。""哇！这就是狗尾巴花。""哇！这就是柘树。"他一路就这样"哇哇哇"个不停。这是男人的特权，多老都可以孩子气，可以一派天真烂漫到底。可如果是老女人，这样一路"哇哇哇"的，是会让人起一身鸡皮疙瘩的。

她一次也没有"哇"，她是南方人，这些植物在她眼里，实在没什么好哇的。就算有好哇的——比如当识花软件识别出了紫红色细长的"游龙"时。她着实也惊讶了的。"游龙"是《诗经》里的植物。"山有乔松，隰有游龙。"她以为它和恐龙一样，几千年前就绝迹成了纸上的图画植物呢，没想到，湿地公园的湖岸边还有。她惊喜莫名，但她惊喜的方式，不过是像孙柔嘉一样，把眉毛眼睛尽量分开一点而已。

一整天她就这样陪他在公园"多识鸟兽草木之名"，他几乎没顾上搭理她，一直忙着拍这拍那。除了有一次在他拍完一个木桩之后把手机对住了她。他想测试测试识花软件的识别度。"这应该是女人"，手机显示这样的识别结果，他哈哈大笑。又自拍，"这应该是男人"。又去拍石头，"这好像不是植物吧"。他笑得花枝乱颤，眼角的褶子都成了大蒜须。

他为什么要约她呢？她不明白。他明明一个人也可以玩得很嗨。她在一边纯粹是多余的。她之前还猜想他约她一起看"群莺乱飞"可能是托词——"可能是"，她只会做这种程度的猜想。即使在意念里，她也习惯搏节的。

哪里有"群莺"呢？"群莺"在哪里？他问。

拍完了植物，他又开始到处找鸟拍了。

他脚长，走起路来，一步是她两三步呢。

她穿了细高跟，脚疼得要命。他也完全没注意。只顾着自己健步如飞。

为什么要赴这个约呢？她又陷入了以往的窠臼，总是会来，来了又后悔。

根本就不见莺嘛！丘迟怎么写"群莺乱飞"呢？应该写"群雀乱飞"或"群鸦乱飞"嘛。他抱怨着。

确实，公园里的草地上，只有麻雀，树梢上呢，只有乌鸦。

没有莺，就算有，她也是不认识的。她虽然是南方人，却只限于认识文字里的莺莺燕燕。

莺长怎样的？她想问他，却欲言又止了。那么无知的话，问了，像在撒娇。

而她也不想对他撒娇。

他们之间也不是撒娇与被撒娇的关系。

她自己在手机上百度了一下：莺又叫黄鸟、黄鹂、仓庚、青鸟。属雀形目，是小型鸣禽。体部的毛呈黄色，翅膀上和尾部都有黑毛，眉毛黑，嘴尖，脚部色青。

鸟也有眉毛？她觉得不可思议，那么小的东西，还有眉毛？那有没有睫毛呢？有没有眼睑呢？再说，它不是全身都是毛吗？怎么区分开眉毛和其他毛呢？

她后来想，那一次的见面，对她的意义也就是知道了"游龙"和莺是什么样子的。

对他的意义呢？

是不是也只是"多识鸟兽草木之名"？

回去后的第二天，他发了一条两个字短信过来——多谢。

没有称谓，也没有署名。倒是简洁。

却也耐人寻味，也是远，也是近。

她也回了一条两个字短信——客气。

然后就没有下文了。

这是怠慢？还是不见外？

她琢磨过无数次。

甚至和苏马讨论过。

苏马是哲学系的老师，就住在她家楼下，两人有时会约了一起散步。

其实一开始苏马的散步对象是她对门的新闻系老师陈喜荣，后来才变成她的。

苏马话多，什么都说。哲学历史政治经济，家事国事天下事，莫不说得纵横捭阖。有时捭阖过了头，会把一些不该说的私事，也捭阖了出去。

陈喜荣也是个话多的女人，又微微有点酸醋苏马的姿色才情，就把苏马那些"不该说的私事"，有意无意间说了出去，于是两个女人友谊的小船说翻就翻了。

女人的关系，一如天下，也是分久必合，合久必分。

但苏马不论在她面前说什么，她从来没有说出去过。

她讷于言，中年之后，更讷于言了。

因此苏马特别信任她。"不该说的私事"越说越多，越说越深，她听得面红耳赤，也听得自愧弗如。

她都四十二了，却连一件像样的私事也没有。

女人的私事也如衾盒里的珠宝，没有也觉得寒酸。

某一天就忍不住说了他主动搭讪以及和他去看"群莺乱飞"的事——一方面是面子，另一方面也是投桃报李的人情世故。

当然，她也想让经验丰富的苏马，帮着分析分析他的行为，到底意味着什么。

"你们有没有上床？"

"——没有。"

"那他有没有上床的暗示？"

"暗示？"

"比如，让你去他房间坐坐——你们不是约在酒店见面的吗？"

"——没有。"

"那他对你没有想法。"

苏马说得斩钉截铁。

"也不是情窦初开，这个年龄的男人，很实际的。"

她又一阵面红耳赤。

仿佛戴了假珠宝出门被人识破了似的。

好在她对他，本来也没有发生什么情意，之所以招之即来，不过是一贯的温顺使然。

只有一回，是在中秋节，他发来一条短信，"但愿人长久，千里共婵娟。"

她对着短信，怔怔了半天，这个男人，到底什么意思？

她字斟句酌地在手机上敲下这一句诗：海上生明月，天涯共此时。想想又删了。到底不妥，这诗的后两句是"情人怨遥夜，竟夕起相思。"

今夜天上月，闺中只独看。

不好，太寂寞了，在撩拨什么似的。

此生此夜不长好，明月明年何处看。

也不好，在期待什么似的。

最后，只写下"中秋快乐"，发了出去。

其实也后悔，他得把她看成多乏味的女人？

他们第三次见面，是一年半后，在他的城市北京。

这一回，是她去出差。北京有个书展，他们教研室派她去订教材。

她没有打算找他的。也不是一个人去，同行的，还有现当代文学教研室的一个女老师。那个女老师是个生机勃勃讲究效率的人，把几天的时间，安排得十分密实。逛书展，逛故宫，逛颐和园。最后一天本来是要一起逛潘家园的，但女老师突然接到了一个大学男同学的电话，约她去后街转转，然后再请她喝酒朵颐和怀旧。"要不，一起去朵颐一番？"女老师言不由衷地说。她从来都是识趣的，当然不会一起去。

她一个人待在酒店。读《夜航船》。

读了小半天，却读不下去。

到底还是给他打了电话。

上次分手时他说了的，到北京给我电话。

一小时后他就来了，"今天没课，在家正无聊呢！"

他真会说话，她不无嘲讽地想。

依然是在酒店大堂见的面。她穿一件薏米色无袖立领裙，腰间是一条姜黄色中指般细细的皮带，清瘦得如一株芝麻秆。

他和她一样，也瘦。卡其色休闲裤，墨绿色 T 恤。

所以他们才这么若即若离地联系着？

"想去哪儿？"他问。

这是他的好，说起话来，一点儿也不生涩，自然而然。好像他们昨天还在一起似的。

她哪儿也不想去。

"要不，到我房间坐坐？"

想到老季的"你能不能饕餮一回？"她真想这么说上一句的。

她和老季已经有段时间不过夫妻生活了。因为不满她因循守旧的反应，他干脆和她过起端庄的婚姻生活来了。

或许在婚姻外，已经有不端庄的补充。

也可能没有，毕竟老季这个人，不是那么"敏于行"的人。

当她隐晦地告诉苏马这个时，苏马镇定自若，一点儿也没有大惊失色。

"都这样的，中年夫妇的婚姻，审美疲劳嘛。"

"《金色笔记》里的理查不是说——这纯粹是一个生理方面的问题，跟一个已经结婚十五年的女人，怎样才能让它勃起呢？"

"换个性别说，跟一个已经结婚十五年的男人，怎样才能欲火焚身呢？"

"所以要另辟蹊径。"

苏马和她说过她另辟蹊径的事。当时她在上海读博——

之所以去读博，也是为了学术，也是为了逃避已经味同嚼蜡的婚姻生活，主要是味同嚼蜡的性生活。她以为这是因为生命的枯竭，就如头发白和皮肤松弛的道理一样，力比多衰减了，所以不再能有那种如火如荼蓬勃热烈的性。她差不多都认命了。人人都是这样的。好花不常开，好景不常在，这是生命规律。她劝自己。虽然有时实在想念从前蓬勃热烈的性。想念得要命。谁知道不是。她在上海遇到了另一个男人，一个搞社会学研究的博士后。他们之间不是爱情，她没有爱上他，他也没有爱上她。他们只是奸夫淫妇。有段时间却好得昏天黑地神志不清。她再一次体验了欲火焚身的感觉。在图书馆看书，看着看着，一个眼神，两人立刻丢下书不看，跑出来找某个树木繁茂处亲热。在外面馆子饭店吃饭，吃着吃着，一个眼神，两人又立刻丢下东西不吃，跑出来找某个僻静地方亲热。像年轻时一样。不，比年轻时更疯狂，也更好。她不知道他和她这样是出于什么动机，是男人通常意义的寻花问柳？还是其他什么？但她和他这样是有很复杂的内涵的，既有中年妇人失而复得的形而下的欢愉，也有哲学教授的形而上的努力——要以此与时间抗衡。安德烈·巴赞不是说，人类所有的行为，不过是为了克服岁月流逝的悲哀。古代人的绘画雕刻诗歌、秦始皇的炼丹术、埃及人的木乃伊，都是为了给时间涂上防腐剂，想不朽——当然是妄想。没有谁可以不朽，统统都要朽。所以波伏娃说，我要趁骨骼上还有血肉，尽情欢愉。多么伟大的语言！简直可以和《人权宣言》相提并论。所有的中国女性都应该接受这种思想的洗礼。而不是一味受我们某些文化的荼毒。我们某些文化太蔑视欲望了，尤其是女性的欲望。存天理，灭人欲。饿死事小，失节事大。三寸金莲。贞节牌坊。多么反人道主义的文化！这种文化既不诚实，也不道德。人们为什么要蔑视身体和欲望呢？它们是值得珍惜的东西。就如生命值得珍惜一样。

她云里雾里，被苏马的话，和苏马的烟。每回苏马纵横捭阖时，烟就一支接一支地抽。

因为这个苏马被学校处分过，督导坐在下面听着课呢，苏马讲着讲着，竟然从包里掏出了打火机。

课堂上是禁烟的。他们学校有明文规定。苏马也知道的。于是就不抽了。但几节课下来，学生不干了。他们集体向系主任反映说，比起课堂上不抽烟的苏马老师，他们还是更喜欢课堂上抽烟的苏马老师。不抽烟的苏马老师就是一个普普通通的老师，而抽烟的苏马老师有汉娜·阿伦特的风采。

如今的学校，学生是比教授更有话语权的。于是苏马又可以抽烟了，而且可以抽得比以前凶。

这也是陈喜荣后来说她和苏马绝交的原因，陈喜荣说，和苏马那样的女人在一起，不成为荡妇，也会成为肺癌患者。

她自然不信陈喜荣的话。

她虽然没有苏马那样的口才。但也长了大脑的，应该说大脑不会比苏马差，不然怎么可能读名校的博士？

只不过她需要反刍。这是她的学术习惯，也是她的日常思维习惯。什么东西到她这儿，一开始她都有些茫然的，然后细嚼慢咽，然后拨云见日。

苏马的理论，乍一听天花乱坠，反刍之后呢，和鲍小姐的"鲜艳人生论"也差不多。

有时候，最复杂的，也是最简单的。鲍小姐那样搞行政工作穿玫瑰红大衣的女人，最后也可以和抽烟的哲学教授苏马殊途同归。

人类这种高级动物，总以为自己多么多么伟大，创造了多少多少丰功伟绩，其实也就是西西弗斯，推着一块巨石上上下下来来回回。说到底，比北方的驴转着圈拉磨也高级不到哪里去。

但苏马另辟蹊径这方法论，对她还是颇有启发。

孙辛西会不会是蹊径？

可她无论如何不是说"要不，到我房间坐一坐？"的女人。

他们最后去了植物园。是他建议的。他说北方虽然没有"杂花生树群莺乱飞"的风景，但北方有北方的植物。反正也没什么事，不妨姑妄走之，姑妄看之。

她本来不怎么想去的，植物园离酒店有点远，而且她这个人，对植物的兴趣又不大。但她还是笑笑答应了。

果然和上次一样，还是他一个人自得其乐。不同的是，他和那些植物，上次在南方的湿地公园，是乐莫乐兮新相知，这一回在北方的植物园，是老友重逢，不，说小别胜新婚或许更准确。他得意洋洋地向她介绍一棵又一棵树。这个男人对树，似乎比对女人兴趣大。

他以前笑过她，"多么奇怪的女人，对一盘生鱼片一往情深。"

她完全也可以笑他，"多么奇怪的男人，对一棵树一往情深。"

也可能，他只是对她这个女人没有兴趣？

她更相信后面这个可能。

这是她安身立命的方法。

只有这样，她才不会对世界失望。

逛植物园时还是发生了一件有意思的事。他们坐在木椅上休息时，来了个穿一身灰布衣裳的老尼姑。老尼姑先看他，再看她。又看他，又再看她。来来回回地看个不住。他以为老尼姑要钱，从黑皮夹里掏出十块。老尼姑摇头。他以为嫌少，换了张五十的。老尼姑摆摆手，肃穆地说："施主，老身送你一句话。""什么话？"他问，一副饶有意味的神情。"你要爱家里的妻。"老尼姑说完，双手合十走了。

他们面面相觑，然后大笑不已。

实在是意外的欢喜。

"这尼姑不老实。"他说。

她有些听不明白。

"鲁迅不是说过？一部《红楼梦》，经学家看见《易》，道学家看见淫，才子看见缠绵，革命家看见排满，流言家看见宫闹秘事。"

"我们好好地坐着，也没干什么，她为什么要对我说'你要爱家里的妻'呢？"

"因为她看见了淫。"

"所以说她不老实。"

"不过，她为什么单对我说'你要爱家里的妻'，为什么不对你说'你要爱家里的夫'？"

"还有，一个尼姑，还是个老尼姑，不好好待在庵里，跑到植物园来干什么？她不知道杜丽娘就是因为游了后花园，才有'原来姹紫嫣红开遍，似这般都付于断井颓垣'的想法？才动了春心？"

她想说，"就因为是老尼姑，所以就算游了植物园，也不会变成杜丽娘呢。"

然而到底没说，只是抿嘴笑笑。

她就是这样的人。

所以苏马说她是个闷骚的女人。

她觉得这批评不实，至少有可能不实，她闷是显而易见的，但骚呢，就还是一只装在箱子里的薛定谔的猫——有可能骚，也有可能不骚。至少到现在，她还没有表现出来。

一定要索隐的话，或许和眉毛有关。

她五官里，数眉毛长得好看。

女人的眉毛，一般称黛眉。但她的眉，不是很黛，也不稠密，是疏淡的灰色，像雀羽，却长，长到了鬓角。

眉毛弯到角，野老公坐满桌。

她还记得弄堂里看相的老蛾说她的话。

她出生和成长的那个小镇，人们总是喜欢从女人的脸，去看女人的妇德。

因为这句话，她姆妈还骂了老蛾，说她嚼蛆。

老季和她相亲时，说话时也是看着她的眉，而不是看着她的眼睛或其他部位。

后来老季解释过，那是出于专业习惯，他不是搞湍流研究的嘛，一遇到弯曲旋涡状的东西，就忍不住打量。

结婚后有相当一段时间，老季帮她画眉，这也是出于专业习惯，而不是像张敞那样懂风情。他不是擅长制图吗？而她总是画不好左边的眉。不是画重了，就是画轻了。

后来老季就不情愿了。

她也不是强人所难的人。他不替她画后，她自己也懒得画了，反正她眉型好，不画也挺好看的。

"有一种清淡的美。"

他是这么说她的。

她总记得这类话。其实，他加起来也没说过几句逢迎她的话。

他以前应该也是喜欢浓艳的吧？——不知为什么，她老是觉得他身上有一种"从良"的气息。

腻了，又喜欢起清淡来。

和老季相反，老季一直清淡着，清淡得如某个诗人写的，"我的生活，淡出了鸟。"

所以后来倾心浓艳。

他们夫妇近来没有发生"别这样，小周。别这样，小周"的事。她也很少产生想和老季"不端庄一回"的念头。

但和他呢？

她真是不清楚自己的想法。

他们的交往，是在有了微信号，才略微稠密的。

以前论年纪，像《春秋》纪事那样，僖公元年，僖公二年。

后来可以论月纪了。

某月，孙辛西发来槲寄生图。某月，孙辛西发来香榧树图。

他喜欢发植物照片给她。在哪儿看见了什么植物，在哪儿又看见了什么植物。当然是比较生僻的植物。他就拍下来发给她。图文并茂的，也算有趣。

不过，她这方面和他并没有太多共同语言，她植物知识匮乏，对很多树林花草，都只限于书本上的认识，一旦到了书本下呢，就几乎是目不识丁的程度。

她想过和他一样，在手机上下载个识花软件，但也就是想想而已。为什么要做这个呢？她对认识植物并没有太大的兴趣。都四十好几的女人了，不想为了一个男人，又去培养什么新爱好。

除了植物，他偶尔也会给她推荐他正在读的某本书。

也是用拍的，把书的封面，以及某页上他认为精彩的部分，用红笔画了线拍下发给她。

隔上几日，她会回复——已看。

或者——没找到。

然后就没有下文了。

但有一回，他竟然寄了一本书过来，是汪曾祺的《人间草木》。

那是他们之间唯一的一次物质往来。

他说，书架上有两本，不知什么时候买重了。

他总这样。警觉什么似的。

其实何必如此小心？

他还是不了解她。她决不是那种会把夏目漱石"今夜月亮很好"理解成"我爱你"的女人，除非对方明明白白说了"醒来觉得甚是爱你"。

当然，他说那些，也可能出于无心。

有时起念，她也会给他推荐书或电影。

用平实简洁的文字：《不适之地》，茱帕·拉希里。《远山淡影》，石黑一雄。《步履不停》，是枝裕和。

他很少回复。她猜他可能对这些书或电影没有兴趣。

她在微信里拉黑过他几次的。

这样的交往，有什么意思？

过些日子，她又会把他恢复了。

再没意思，也胜于无聊吧？

就算这么转念，过些日子又会拉黑他。

过些日子又鬼使神差般恢复他。

这样反反复复的，自己也觉得无聊。

他没有察觉——应该没有察觉吧？仍然有一搭没一搭地发些东西过来。

某月，在某地，遇见某某树。

某月，在某地，吃生鱼片，蘸芥末。突然想到你。

这话什么意思？

萨特说，生活给了我想要的，又让我明白这一切没什么意思。

生活对萨特还是不错的，她想。

米 青

米青决定嫁给汤亥生了。

米青下这个决定的时候，汤亥生并不知道，那时他们的关系还只是一般同事。说一般同事或许有点不确切，因为几年前资料室的姚老太太曾经帮他们牵过线，这不算什么的，姚老太太帮米青牵过许多线，师大的单身汉，不论长相妍媸，也不论学历出身，只要年龄上限不过四十五，下限不过二十五，姚老太太都在米青面前絮叨过——这倒不是姚老太太不讲究，而是她实在不知道米青对男人的脾胃，好荤好素，好咸好淡，她一概没谱，只好有枣没枣乱打一竿子，万一运气好，撞上了呢！

姚老太太介绍汤亥生的时候，米青刚分到师大不久，住在学校青年教工宿舍里。一间不到十五平米的宿舍，米青和另一个外语系女老师马骊两个人合住——说两个人，其实是三个人，因为马骊有未婚夫，那个未婚夫不把自己当外人，吃喝拉撒基本都在这边解决，连内裤都晾在米青的头顶上，剃须刀烟盒什么的也经常放到米青的书桌上，有一次，米青还在桌上看到过一盒避孕套。这也罢了，米青睁只眼闭只眼就是，最要命的，是这位未婚夫每天天一亮要给马骊送早点。马骊在英国待过一年，早点口味因此中西合璧，喜欢吃"福膳房"的小笼蟹黄包子、"香巢"的焦糖拿铁，都要热乎乎烫嘴的。"福膳房"在校西门，"香巢"在校北门，两者相距足有一公里，未婚夫于是每天早晨左手蟹黄包、右手咖啡，以百米冲刺的速度，往她们宿舍飞奔。这让米青烦不胜烦，米青是只夜猫子，属于晚不睡早不起的，现在却弄得日日要鸡鸣即起，起来看这两个活宝表演"一骑红尘妃子笑，无人知是荔枝来"。

　　米青一开始还不肯给人腾地方，凭什么呀？这是我的地盘，凭什么让给他们？这不是姑息养奸？不是助纣为虐？不可以！于是，人家那边厢鸳鸯戏水，她这厢拿本书眼观鼻鼻观心苦练思无邪，练了几次，发现实在练不下去，才把桌子一拍恼羞成怒地撤到系资料室。这一撤，就成定局了，米青以后每天八点就要撤出宿舍到资料室去消磨了。

　　资料室里上午一般没有人，只有姚老太太。姚老太太九点左右要溜出去买菜，以前没有米青，姚老太太就唱空城计，把织了一半的毛衣撂在桌上，再泡上一杯热茶，做出人在茶没凉的样子，然后偷偷上菜市场转一圈。反正资料室也没什么贵重物品，几本旧书、几张旧桌子旧椅子罢了，没人惦记——就算有人惦记了，又有什么要紧？

但要紧的事，资料室也发生过一两起，一起是她自己种的一盆绫衣被偷了，那盆绫衣她辛辛苦苦侍候了好几个月，好不容易侍候出了一点霓裳羽衣的样子，还没看够，就没了，问看门的李老头，李老头翻翻白眼，没好声气地说，我是你家看门的？姚老太太被气了个半死，一个月不理那死老头子。另一起是两套书，一套上海古籍出版社的《汤显祖全集》，另一套商务印书馆的《莎士比亚作品集》。这一次渎职的后果有些严重，系主任陈季子为此脸色十分严峻地召开了一次系务会，在会上不但点名批评了她，而且还宣布扣罚她一个月的奖金。姚老太太这一次几乎悲愤交加了。她怀疑那两套书压根就是陈季子偷的，全系不就他一个人研究《牡丹亭》吗？之所以再偷套莎士比亚的书，不过掩人耳目，或者想嫁祸世界文学教研室的老金，老金研究莎士比亚，没事时喜欢到资料室转转，而且，老金和陈季子关系不好。

姚老太太后来还找了个由头去过陈季子家一趟，她假装向陈师母讨教做芙蓉鱼片的方法，陈师母不明就里，很热情地做了演示，不过只局限在厨房里，姚老太太从头到尾也没有找到去书房觑一眼的机会。

气呼呼回来和孟教授说，孟教授不理她。就算觑到了又如何呢？说出来似乎也无伤大雅。中文系的老师都染上了几分孔乙己的习气，孔乙己说，窃书不算偷。中文系的老师虽不这么说，却这么想。所以资料室丢书，也是常事，不过都是化整为零的形式，一本一本地丢，神不知鬼不觉的，从来没有闹出过这么大的动静。

可动静再大，不还是书吗？陈季子这样小题大做，很明显是做贼心虚了。

这话姚老太太只能对米青说说而已。米青虽然才到中文系不久，可姚老太太却十分信任她。米青话少，爱读书，只这两个特点，姚老太太就能判断她是个不多事的人。所以，和米青说中文系的是非，姚老太太无所顾忌。

请米青帮忙照看系资料室姚老太太也放心。以前她偷偷溜到菜市场去买菜，总是买得匆匆忙忙浮皮潦草，有时难免会犯下苏格拉底学生选麦穗那样的错误。在这家买了西红柿，到那家一看，一样的价钱，西红柿更大更好呢，让她后悔不迭；有时遇到孟教授嗜吃的时鲜野菜，比如香椿、地衣或胭脂菇什么的，卖菜人奇货可居，漫天要价，她也会一咬牙一跺脚地买上个一斤半斤的。有什么办法，她没时间东逛西逛讨价还价，毕竟资料室还在那儿唱空城计呢？万一又丢上两套书，点名批评事小，可一个月的奖金又要泡汤了。而现在有了米青，姚老太太这下子从容了，慢慢逛，小姐游后花园般悠闲细致，书生游山玩水般诗情画意，反正米青八点就坐到了资料室，不到十二点不去食堂。

姚老太太不是没良心的人，得了人家的好处，总要知恩图报，怎么个图报呢？她给米青物色对象。米青二十七了，在中文系，算半老不老的老姑娘。中文系的风水不好，老姑娘一大堆，最老的姑娘齐鲁，都四十八了，还小姑所居独处无郎。姚老太太还记得她刚来时青枝绿叶言笑晏晏的样子，可现在，枝不青叶不绿了，性情还古怪。有一次系里一个女老师请她到家里吃顿饭，饭间女老师的老公因为客气，多敬了齐鲁几杯酒，结果敬出事了，齐鲁后来到处对人说，女老师的老公对她有那个意思，不然，怎么会当了老婆的面，企图和她玩"隔座送钩春酒暖"的把戏？搞得那位女老师哭笑不得。更过分的是另一回，一个男老师在开会时不知是多看了齐鲁几眼，还是看齐鲁一眼的时间有些过长，总之让齐鲁觉得被冒犯了。会议一结束，老师们还没作鸟兽散呢，齐鲁把那位男老师叫住了，慷慨激昂又声色俱厉地警告了那位男老师，说她虽然没结婚，也没男朋友，但她洁身自好，不会和男人玩那些不三不四眉来眼去的勾当。男老师被骂得莫名其妙，他刚刚读了汪曾祺的《人间草木》，整个人还是草木迷离的状态，开会时眼睛落在了哪儿，他自己都不知道，谁晓得一个不留神，把齐鲁给冒犯了。

　　为避瓜田李下之嫌疑，男女老师们后来一个个对齐鲁敬而远之了。

　　姚老太太不想米青成为中文系的第二个齐鲁，二十七到四十八，说起来，还遥远得很，但时光这东西，阴着呢，一个凌波微步，就到你身后了，你的几十年青春就被收纳到它的绣花锦囊里去了。姚老太太是过来人，对此深有体会，孟教授当年和她恋爱时那艳若桃李的状态，还历历在目，昨天的事一般，可其实呢，不过一转眼，三十年过去了，如今的孟教授，不仅鸡皮鹤发，而且神情还呆若木鸡，只有偶尔对饭桌上的香椿炒蛋，或者胭脂菇炖土鸡汤时才会春光乍现一回——这也是姚老太太舍得花大价钱买那些时令菜的原因，有千金买笑的意思。所以，尽管米青才二十七，姚老太太认为也要有时不我待的紧迫意识。

米青这个女老师不错，本着肥水不流外人田的精神，姚老太太决定把她介绍给中文系的男老师，可中文系的单身男老师实在不多，数来数去，也只数出三个，一个古典文学教研室的何必然，不合适，太老了，五十岁，和齐鲁倒是年龄相当，可他和齐鲁还互相看不上，他嫌齐鲁老，人家研究《红楼梦》几十年，对女人的看法，也被曹雪芹同化了，认为老女人都是死鱼眼睛，而豆蔻女孩儿才是珍珠，所以他虽然五十了，还有要弄颗珍珠回家的雄心壮志；齐鲁呢，更看不上他，嫌他是个鳏夫，还嫌他有个已经生了女儿的女儿，当继妻继母已经让人觉得羞辱，何况还要当继外祖母，是可忍，孰不可忍？齐鲁一激动，把企图撮合他们的陈季子骂了个狗血喷头。陈季子撮合这事还以为自己是体恤民情，还以为自己是系主任，面子大，可碰上"王子犯法与庶民同罪的"的齐鲁，他也没辙，只能自认倒霉。中文系的另一个单身男老师是阮长庚，绰号阮步兵，也不合适，因为太贪杯，又易醉，醉了又爱哭。学生们经常恶作剧，课前请他喝上二两，只二两，他就醉眼蒙眬人面桃花了，且林妹妹般多愁善感，一上讲台，还没讲上几分钟呢，他就会因为某句诗，或某句话，突然号啕大哭起来，教室里于是乱作一团，课自然没法继续上了。学校的督导为此警告了他若干次，每一次他都低了头，痛心疾首地保证不喝了，可过不了一个月，他的老毛病又会犯一回，简直和女生的经期一样周而复始。对如此没有出息的男人，姚老太太自然不会把他介绍给米青。剩下的，只有汤亥生了。

汤亥生和米青不算离题太远，三十岁，博士，人也长得周正，最合适的，是汤亥生的性格：文静，温和，与世无争。这样的男人，以姚老太太的经验，做老公真是很理想了。虽然缺点也有一二，比如个子不高，不到一米七，可个子不高有什么关系，一个做老师的，不稼不穑，从事的是脑力劳动，脑力劳动者嘛，只要脑袋够大就行了。而汤亥生，就长了一个和孔子一样的大脑袋。

但米青不同意和汤亥生交往，为什么不同意呢？米青没说理由，就是不同意。因为个子吗？可南方的男人不都是这个样子？这个样子才有文质彬彬的书生气质嘛；因为老家是乡下的吗？可乡下出身的男人自然纯朴，现如今，连乡下的鸡，乡下的猪，都更金贵，何况乡下男人？姚老太太一边循循善诱，一边诲人不倦，自己把自己都诲服了，恨不得有个女儿，能嫁了汤亥生。

可米青不为所动，无论姚老太太怎么说，她只是摇头，金口玉牙般不开口。

　　话少的女人有时也很讨厌，姚老太太想。

　　米青不同意和汤亥生交往其实与汤亥生无关。对米青而言，汤亥生只是一个陌生人，犹如一本还没打开过的书。对一本从来没有打开过的书，她能说什么？她能做什么？单看封面就胡说八道吗？那也太草率了！她可不是个草率的人。买一本书之前，一定要仔细阅读上一二页，这是对自己负责任，也是对书负责任。弄本自己不喜欢的书回家，然后束之高阁或者弃若敝屣，这是很不道德的，对书而言，简直是遇人不淑了。这一点，她和姐姐米红不同，米红不读书，如果读，肯定就是会凭封面取舍的人。当初她和陈吉安分手，是因为陈吉安封面寒碜；嫁给俞木呢，是因为被俞木烫金封面弄花了眼。结果，结婚两年就离了。

　　可这种话，她懒得和姚老太太说。道不同，不相为谋。她和姚老太太，不单道不同，简直什么都不同，一起谋什么？姚老太太对她的婚事，有一种盲目的热情和急切，米青觉得好笑，她米青难道是快要过期的肉食罐头吗？是快要腐朽的水果吗？就算是，和姚老太太有什么相干？妇人一老，就老出了毛病，爱多管闲事，爱保媒拉纤，难怪兰陵笑笑生能在《金瓶梅》里把王婆这个形象刻画得这么栩栩如生，因为有原型，艺术源于生活，而生活中这类老妇人实在俯拾皆是，即使在高校，也一样。姚老太太虽然在孟教授身边生活了几十年，可她的趣味和境界，在米青看来，其实和苏家弄里的老蛾差不多。

所以，无论姚老太太介绍谁，米青都是要拒绝的，拒绝到最后，姚老太太终于心灰意冷了，私下对孟教授说，米青这不知好歹的丫头，看来，只能做中文系的齐鲁二世了。

姚老太太的嘴，在中文系是有名的乌鸦嘴，邪恶先知般的，但这一次姚老太太没有一语成谶，因为米青不久就嫁给汤亥生了。

米青决定嫁给汤亥生最初是因为汤亥生的卫生间，爱屋及乌，米青由此爱上了汤亥生。

那天汤亥生请客，因为评上了副教授，这是中文系的惯例，不管是谁的职称解决了，都要大宴宾客一回，或者几回。当然这大宴的程度可以不同，有的可以大宴到全系，有的就只是宴一宴自己的教研室同仁，这等于是小宴了。汤亥生那天就是后一种，他只宴请了古典文学教研室的老师，这本来没有米青的事，米青是现当代教研室的。可那天米青和同学朱蕉也在"凤祥春"，朱蕉在北京一家出版社工作，这次到他们这个城市来出差，顺道就过来看看米青了。来之前还在网上做了功课，知道这个城市的剁椒鱼头蒸粉丝好吃。这种菜是大菜，食堂没有，米青只好到"凤祥春"请了，这一请，就与汤亥生的人马遇上了。朱蕉是个大美人，而且是有古典气质的大美人，被介绍时蛾眉宛转那么一笑，古典文学的男老师就有些扛不住了，于是十分热情地相邀她们过去一起把酒尽欢共度良宵。米青不肯，她和古典文学的人，素无交情，又不爱喝酒，过去凑那份热闹干什么？可朱蕉想过去，一直用眼神怂恿她，男老师们看出来了，更加不依不饶相请，米青再辞，他们再请，没办法，最后只好主随客便了——本来人家想请的也是朱蕉，他们你情我愿，她从中作梗，就煞风景了。米青做人，虽然没有朱蕉那八面玲珑的本事，但也不至于榆木到煞风景的程度。于是舍命陪君子，一直陪到了半夜。

本来饭局九点多就结束了，可有人意犹未尽，又建议去汤亥生那儿玩扑克。——这是临时变的卦，之前他们说好了去"唱响天下"的，古典文学教研室有个女老师姓姜，歌唱得好，尤其拿手黄梅戏《女驸马》，每次系里或教研室有活动，她的《女驸马》都是压轴，清唱，"我也曾赴过琼林宴，我也曾打马御街前，人人夸我潘安貌，谁知纱帽罩（哇）罩婵娟（哪）"。陈季子听得摇头晃脑，说，难怪孔子当年在齐国听《韶乐》之后，三月不知肉味，我听姜老师的戏，简直九个月不知肉味了。陈季子的话，在中文系，差不多是御批，之后姜老师的《女驸马》就算钦点了。可那天晚上男老师似乎忘了钦点这回事，只顾着逢迎那位北京来的朱蕉了，朱蕉说爱打扑克，男老师就投其所好建议打扑克了。这太过分了！打扑克在姜老师看来，是很低级很庸俗的娱乐，堂堂大学教授们应该不屑为之的，姜老师暗示了这个意思之后，很骄傲地先告辞了，另外两个年纪大点的老师也告辞了。米青也想趁机走，她还要回去备课呢，周一上午她有四节课——现代小说流派研究，是新开的课，若不好好备的话，上课怕出错。她想让朱蕉自己去汤亥生那儿，反正一个晚上下来，朱蕉和那些人，厮混得比她还熟络了。但朱蕉紧紧地挽着她的胳膊不放，轻声说，皮之不存，毛将焉附？想想也是，米青只好留下来当朱蕉的皮了。

剩下的人有六个，打一桌拖拉机，多出了两个，这正好，汤亥生侍茶，米青坐在朱蕉身后学习。米青对扑克，基本目不识丁，这不怕，朱蕉吹嘘说，用不了几局，她就能把米青扫盲了。可几局下来，朱蕉自顾不暇了，一方面，战事正酣，如火如荼；另一方面，在如火如荼之际，她还要忙着蛾眉宛转三分天下。于是，身后的米青，实在就顾不上了。

米青百无聊赖，在一边不停地喝茶，茶喝多了，就要上卫生间。这一上，让米青对汤亥生刮目相看。

汤亥生的卫生间不大，四五平米的样子，浅褐色方块瓷砖，墨绿色防水浴帘，浴帘一边是莲蓬头，另一边是马桶和洗漱台，洗漱台上嵌了个青花瓷盆，上面画了半张荷叶，一朵似开非开的莲花。

比莲花更让米青惊艳的，是马桶边上的书架。一米多高的书架上，层层叠叠，摞满了书，米青倒抽一口气。她也是个爱坐在马桶上读书的人，以前因为这个习惯，没少挨米红和朱凤珍的骂，骂她占着茅坑不拉屎；老米也批评她，说她对书太亵渎了。读书是庄重之事，不说焚香沐浴更衣，至少不能在排泄时进行。对米红和朱凤珍，米青无话可说，鸡同鸭讲，对牛弹琴，没有意义。对老米的批评，米青亦不以为然。此间乐，唯自知！没想到，汤亥生也有这个癖好，且这个癖好，明显比她更严重。竟然在马桶边弄一书架。妙，妙不可言！米青一时生出他乡遇故知的喜欢。

书架上面，有本书是打开的，想必汤亥生正在读，米青拿起来一看，是张岱的《夜航船》。

《夜航船》米青读过，卫生间灯光明亮，米青很惬意地坐在马桶上，又温习了一遍它的序。是僧人和士子的故事。一僧人与一士子同宿夜航船。士子高谈阔论，僧畏慑，拳足而寝。僧听其语有破绽，乃曰，澹台灭明是一个人两个人？士子曰，是两个人。僧曰，尧舜是一个人两个人？士子曰：自然是一个人！僧笑曰，这等说来，且待小僧伸伸脚。米青读到这里，几乎忍俊不禁，一个人哧哧乐了半天，乐完了，米青就做了一个决定，她要嫁给汤亥生。

后来米青问汤亥生，她暗暗做这个决定时，他有没有什么感应，比如心率加快，比如左眼皮跳，比如几秒钟的手脚痉挛。如果有那种事发生，就算天作之合，比父母之命、媒妁之言更好。汤亥生说，什么感应也没有，他当时只是想，这个女人怎么回事？便秘吗？不然在一个男人的卫生间待那么久？他书架底层有《金瓶梅》，还有一本《痴婆子传》，封皮都用牛皮纸包了的，如果米青翻到，那就难为情了，肯定会认为他在卫生间藏黄书。就算可以解释说是研究用书，可为什么要用牛皮纸做封皮呢？很明显做贼心虚！他能想象米青那亦哂亦谑的神情。因此紧张得要命，以至于在外面给朱蕉续茶时，把茶都洒到了扑克牌上。同事还笑他，说到底英雄难过美人关，平日汤老师看上去也是道貌岸然，没想到，一到美人面前，也方寸大乱了。

他们这样枕藉闲聊的时候，已经结婚了。自然是米青倒追的汤亥生。打那夜之后，米青就去汤亥生那儿借书了，借到第三次，她起身走的时候，突然很严肃地说，我是不会和你一块去吃晚饭的。他一愣，当时是傍晚，他们坐在阳台上，一楼人家饭菜的香味，袅袅地传了过来，是啤酒鸭和糖醋鱼，这家人大概口味很重，隔三岔五地，就会烧些浓油赤酱的东西。他的肚子咕咕地叫了几声，他真有些饿了，可他没说吃晚饭的事，这个晚上他不想出门了，打算煮碗清水面敷衍敷衍自己的肚皮，可米青不走，他只能继续全神贯注地闻一楼人家的啤酒鸭了。还别说，精力一集中，曹操望梅止渴的做法还真有点效果。他感觉胃一点点安静下来。她又说，我是不会和你一起去吃晚饭的。这一次米青的表情有些促狭。汤亥生这才反应过来，她是想让他请吃晚饭了。这手法是抄袭西格尔《爱情故事》里的詹尼。詹尼想让奥利弗请她喝咖啡，故意说，我是不会跟你一块儿喝咖啡的。奥利弗说，告诉你，我也不会请你。詹尼说，你蠢就蠢在这里。奥利弗于是请她喝咖啡了。——汤亥生厕所的书架上有这本书，米青一定看见了，所以和他玩东施效颦的游戏。

汤亥生接下来应该说，告诉你，我也不会请你。米青再说，你蠢就蠢在这里。游戏这样玩，才有意思。可汤亥生不想说。对米青这个人，他其实是有些怀恨在心的。三年前姚老太太问他愿不愿意和米青交往，他当时不置可否地笑了笑，没有说话。可姚老太太把这笑就理解为愿意了，并自作主张地向米青转述了她的理解，结果遭到了米青的拒绝。他很窝火，他是个外表温和内心骄傲的人，因为这骄傲，他从来没有主动追过哪个女孩子，大四时，同宿舍的男生几乎倾巢而出，一个个如发情的畜生一样，把身边的女生追逐得鸡飞狗跳，只有他守在宿舍，日日与书做伴，清心寡欲，静若处子。书中自有颜如玉，屁话！宿舍的男生嘲笑说，除非你看的是《花花公子》，或者学蒲松龄意淫出一个狐狸精，不然书里怎么会有颜如玉？他懒得理他们，依然故我地过着自给自足的有尊严的生活。孟子说：鱼，我所欲也；熊掌，亦我所欲也。二者不可得兼，舍鱼而取熊掌者也。对汤亥生而言，如果女人是鱼，尊严就是他的熊掌。可因为姚老太太，他鱼没欲着，尊严却平白无故地被伤害了一回，他气得要命，可这事也不好找姚老太太理论，也不好找米青解释，一解释，就显得太鼠肚鸡肠了；可不解释呢，又冤枉，以至于后来很长时间里，他碰见米青，都觉得如鲠在喉如芒在背。

现在好了，他终于有报一箭之仇的机会。打米青第一次来找他借书时，他就明白了，她看上他了。但他假装不明白，很客气地招呼她。也许因为他的过分客气，她也有些讪讪然；可第二次再来还书时，她就有头回生二回熟的自然而然，可汤亥生还是很客气很生分。书读多了的男人，到底木讷，难怪三十三岁还没有娶上老婆。米青沉不住气了，第三次干脆主动抛绣球了。

可汤亥生不接。来而不往非礼也！米青三年前给他的，他要还给米青。米青后来讥笑他气量小，汤亥生不承认，这不是气量不气量的问题，而是男人的脸皮问题。女人想当然，以为男人都是厚脸皮，其实呢，不对，有的男人的脸皮比女人薄，薄如蝉翼，吹弹得破。

米青那时不知道汤亥生是成心报复，还以为汤亥生不谙风情。于是愈加直白，愈加用力，带着"不破楼兰终不还"的坚决。直白了几个月，直白到中文系师生差不多全知道了米青老师在追汤亥生老师，汤亥生这才若有所悟似的，和米青开始恋爱。姚老太太愤愤不平，说，敬酒不吃吃罚酒，给的不要讨的要，米青这个人，还真是——，真是——，真是什么呢？有人问，姚老太太摇摇头，不说了，回到家里，终于憋不住，对孟教授说，米青这个人，还真是——，真是——贱！孟教授没反应，和平常一样呆若木鸡。饭桌上今天只有清蒸南瓜，素炒山药木耳，都是孟教授不爱吃的菜，孟教授没心情和姚老太太说话。

这事朱凤珍知道了，也气得咬牙切齿，妹头是花，后生是蝶，世上只有蝶恋花，哪有花恋蝶？！老米也这样想，不过用的是另一种说法：关关雎鸠，在河之洲。窈窕淑女，君子好逑。可米青唱的这一出，完全倒过来了，是窈窕君子，淑女好述!——只是汤亥生的样子，实在和窈窕不相干！

对这种庸俗的市井论调和迂腐的封建思想，米青嗤之以鼻。重要的是爱情，爱情发生了，还管它是蝶恋花，还是花恋蝶！

婚事一切从简，这是米青的意思，汤亥生妇唱夫随。能不随吗？他家在乡下，父亲十年前就过世了，剩下寡母，六十多了，身体还硬朗，在家一边种菜园养鸡鸭，一边帮弟弟寅生带小人儿。寅生早结婚了，生了一儿一女。乡下的日子不容易，寅生原来指望哥哥帮他在城里找份工作，他读过书，初中毕业呢，也算吃了墨水的人，还会修小机电，他希望能在学校当个电工什么的。学校里那么多灯，一到夜里，灯火通明呢，应该会需要不少电工的；至于他媳妇小菊，没什么技术，不过小菊厨艺好，会做胭脂鹅，会做荷叶鸡，那个香，每次都能把村长香来，村长吃了，说味道比乡政府大院里的还好。所以，小菊可以到学校食堂工作。两口子扛了一麻袋绿豆芝麻来，还捉了几只老母鸡。哥哥找领导办事，不能空手吧？小菊很伶俐地说。汤亥生苦笑，他在学校认识的领导，最大的就是系主任陈季子。可陈季子能安排什么工作？不过就是安排他的老丈人在传达室看看门，其他的，似乎也不能——就算能，又怎么轮得上他汤亥生的弟弟弟媳？这情况汤亥生不好意思说，支吾搪塞半天，就是不肯去找领导。弟媳不高兴了，私下对弟弟说，都说兄弟情愿兄弟穷，妯娌情愿妯娌尿，看来是真的。弟弟也不高兴了，沉了脸对汤亥生说，哥不是博士吗？博士在领导那儿会没这点面子？不给面子就撂挑子，看他还怎么办学校？这话也就是汤亥生听听，如果学校其他人听了，会笑掉大牙。汤亥生自然不能撂挑子，弟弟弟媳拎了老母鸡和芝麻，气呼呼回了老家。他们后来去了广州，在同乡的介绍下，汤寅生还真在一家工厂做了电工，而小菊也在一家馆子店当帮厨。他们工作一落实，就到公用电话亭给汤亥生打了电话，有壮志已酬的豪迈，也有自力更生的骄傲，汤亥生松了口气，却也有些惭愧，百无一用是书生，果然如此。当初他考上大学时，村子里的人都以为他家从此要一人得道，鸡犬升天的，所以都十分艳羡和巴结他家。他母亲出门买豆腐，花两块豆腐的钱，能买回三块豆腐来，到屠夫那儿砍半斤五花肉，能砍回六两来；他家的大黄犬也沾他的光，在村子里很有地位了，除了村长家的老黑，它基本是一犬之下、万犬之上的；汤亥生每次回老家，享受的待遇也是官宦回乡省亲的阵势。那真是他们家的辉煌时期，可后来渐渐就不行了。他们殷勤了老半天，可汤亥生家怎么总不见升天的迹象？别说鸡犬升天了，就连汤亥生本人，多年之后，也还是那落魄秀才的样子——乡民们虽然没有多少见识，但看人发达不发达的眼光还是很毒辣的。他们甚至有上当受骗的委屈，尤其是屠夫，恼羞成怒之后，给汤亥生母亲的五花肉，由六两变四两了。汤亥生也怅怅然，觉得自己简直如柳宗元笔下的那只黔之驴，庞然大物吓唬别人半天，到最后，也就是"蹄之"两下的本事。汤亥生后来几乎不回老家了，没脸回。

——在这种情况下，他的婚事能不从简？

朱凤珍是不同意从简的，女人一辈子只有一回的事情，怎么能这么马虎了事？可她不同意没用，因为之前米青压根没有征求她的意见。等到朱凤珍和老米知道了，已经晚了，生米早煮成了熟饭，他们两个人住一起了！门口倒是贴了一副大红对联：但愿人长久，千里共婵娟。字写得龙飞凤舞，要不是老米念过苏东坡的《水调歌头》，这对联他就认不出来了。窗户上有两个红双喜，还有两只鸳鸯，两只鸳鸯都戴了眼镜，姿态很滑稽，没有交颈而眠，没有追逐戏水，而是各自歪了头，对着一本书，苦思冥想的样子——这是姚老太太的才华和幽默，吃了米青和汤亥生的几颗喜糖之后，老太太前嫌尽释，怀着十分美好的心情，创作了这副剪纸艺术，对联也是她让孟教授写的。孟教授在师大，号称孟颠，书法颇有几分张旭之风的。每次中文系有老师新婚，或者再婚，孟教授都会写副对联去祝贺的。可打退休之后，他就惜墨如金了，对联不送新婚的，只送再婚的，别人问原因，他说物以稀为贵，但姚老太太知道他这么做只是因为"梅开二度"这几个字写得好，好到了欲罢不能的程度，也不管别人是二婚还是三婚，横批他一概写"梅开二度"。如果新婚的横批可以写这几个字，姚老太太相信，孟教授肯定还是会照送不误的。当然，新婚是不能送"梅开二度"的，所以孟教授就一直惜墨如金了。这一次之所以破例，一是因为他对米青和汤亥生印象很不错；二呢，是姚老太太那天用胭脂菇鸡汤引诱和威胁了他。姚老太太说，如果他上午把对联写了，中午她就做胭脂菇炖鸡汤，如果下午写呢，她就晚上做胭脂菇炖鸡汤，如果到晚上还没写呢，对不起，就不做了，她把胭脂菇送给隔壁的周师母，周教授喜欢吃芫荽凉拌胭脂菇，周师母这次因为去菜市晚了，没买到胭脂菇，周教授正在家怄气呢。

贴副对联就算结婚了，这样的事，也只有在省城会发生，也只有在米青身上会发生。朱凤珍气得心口疼，却也无可奈何。米青的事，她一向做不了主，打小就这样，叫她东，她一定西，叫她南，她一定北。因为这样，朱凤珍和她说话都要反着说。三岁就开始了。喂她的饭，她紧闭了嘴，不吃，朱凤珍说，这饭青青不吃了，给猫猫吃，她马上把嘴张开了；米老太太给她穿小花罩衣，她把小胳膊抱紧了，生死不肯穿，朱凤珍说，这花衣服青青不穿了，给姐姐穿，她马上把两只胳膊伸直了。但这法子，也就只管用到幼儿园。米青幼儿园一毕业，开始读小学的时候，朱凤珍再用这反着说的法子，她就瞪了两只溜圆的眼，很鄙夷地看着朱凤珍，把朱凤珍看得心里发毛。也就是从那时候起，朱凤珍对米青不太喜欢了。弄堂口的老蛾说，这是因为米青头上长了反旋，头上长反旋的人，性格就这样，喜欢和别人拗着来。在家和父母拗，嫁人了和公婆丈夫拗。没办法，这是相拗。女人相拗了，命也就拗了。和弄堂里的小苏一样，小苏就是因为眉毛的曲折斜长，才会离婚二次结婚三次的。都是命，命里注定的，逃不脱。

老米认为这是打野狐禅，老蛾这妇人，最会妖言惑众，利用封建迷信，来骗取钱财，和赵树理写的三仙姑，其实是一回事。如果是旧社会，她肯定也会跳大神，并且闹出"米烂了"之类的笑话。这笑话老米给朱凤珍讲过无数次，朱凤珍每次听了，都乐开了花，可乐开花归乐开花，之后还是信老蛾。老米自觉很失败，他一堂堂人民教师，却教育不了自己的老婆。米青不听话和头上长反旋有什么关系？不过是因为读书多，读书多的人自然就有怀疑和叛逆精神，扯什么相拗不相拗的？

这话朱凤珍不相信。米青三岁时读什么书了？斗大字还不识一个呢！所以，天生的相，酿成的酱，有道理的。不然，米青都在京城读大学了，又在大学堂里当女先生，怎么也应该过上富贵日子了，可她就是过不上，相不带富贵呢。"一螺穷，二螺富，三螺四螺卖麻布"，老蛾说过的。米青有四螺，是卖麻布的命。既然卖麻布的命，这样寒酸地结婚，似乎也理所当然。

朱凤珍有些心酸，这个二女儿虽然和自己不怎么亲，可说到底也是自己身上掉下来的肉。看着一身素装的新娘子米青，朱凤珍不忍了。走之前，她拉着老米去"周大福"，给米青买了条金项链，24K的，三钱多重呢，到收银台付钱的时候，她手都有些抖，她花钱一向是很仔细的，这一次，少见的大方。老米一直站在她身后，很温顺的样子，好几次，还轻轻摁了摁她的肩膀。她知道，这是老米在表扬她了，三个女儿里，老米其实最疼米青的。

可米青还不领情，米青说，你们弄金项链干什么？干脆给我镶颗大金牙得了。

这话是讽刺了，朱凤珍虽然没文化，也听出了米青话里讽刺的意思，眼圈一红，没说什么，把金项链放到老米手上。老米又搋搋朱凤珍的肩膀，沉了脸，一言不发地把金项链往米青的书桌上重重一放，两人一起下楼了。

米青这才意识到自己这话有些伤人了，怔了怔，还是把金项链收了起来。

他们在省城也就待了两天，老米还有课，不能多耽搁；朱凤珍的裁缝铺子呢，交给三保和米白打理，她也不放心，三保的手艺虽然也不错了，但有些难侍候的老主顾，还是自己侍候更妥当些，如今裁缝铺的生意不比从前，可不能马虎半分。何况，米青这儿也实在不好住，一室一厅的房子，老米睡沙发，汤亥生打地铺，朱凤珍和米青睡床——他们家也就这张床是新的，有新婚的气象，朱凤珍不肯，她不习惯和老米分开睡，她虽然五十多了，可每天晚上还喜欢枕一枕老米的胳膊，撒撒娇，他们结婚几十年了，却还是十分恩爱的。而且，朱凤珍也不想和米青一起睡，打米青三岁之后，她还没和米青在一个房间睡过呢，何况还是同床共枕，她百般不自在，米青或许也不自在，所以一直坚持要老米和朱凤珍睡床，她和汤亥生打地铺，老米又不同意，鸠占鹊巢，不合适。想一想新郎汤亥生的复杂心理，他也睡不好。最后只好依汤亥生的安排，各自左右不合适地睡下了。

老两口走的时候，米青正好有课，是汤亥生一个人送行的。汤亥生排队买了票，又买了一大堆车上吃的东西，面包、水果、瓜子花生，塑料袋下面，还放了一本书，是朱自清的《背影》，之前两人聊天时，老米说到过，他最喜欢的作家是朱自清，没想到，他就记住了。汤亥生说，在车上解解闷，有五六个小时呢。老米很矜持地笑笑，没说话。对汤亥生这个女婿，他其实还是比较满意的，稳重，有学问，人又周密细致，看上去靠得住。和米红的前夫俞木完全不一样，当初也是昏了头，竟然同意把米红嫁给俞木，那种纨绔子弟怎么能嫁呢？吃喝嫖赌，一身恶习，都是朱凤珍妇人之见，嫌贫爱富。想到这里，他有些埋怨地看看朱凤珍，朱凤珍不知道，兀自板了脸坐在那儿，她对汤亥生是不太看得上的，不过，她看不上也没用，这是米青的事，她横竖插不上手。这也好，到时他们好也罢，歹也罢，怨不得她了。

再说，三十岁的老妹头，也实在不好再挑三拣四了。再挑，天怕就黑了。之前她自己曾忧心忡忡地对老米这么说过。所以，米青最后能找个有手有脚的男人嫁了，也算阿弥陀佛了。至少朱凤珍回苏家弄，不用怕王绣纹了。自从米红离婚后，王绣纹隔三岔五地，就爱上裁缝铺子里来，每次总带了苏丽丽的儿子过来，这是显摆了，显摆她家苏丽丽的婚姻美满。当初苏丽丽奉子成婚，嫁给一穷二白的陈吉安，朱凤珍话里话外，没少寒碜王绣纹，人家现在反攻倒算来了。朱凤珍埋了头干活，不搭理她。米白没眼色，还拿了大白兔奶糖逗苏丽丽的儿子，苏丽丽的儿子长得像陈吉安，大眼睛，白皮肤，嘴唇像花瓣一样好看。米白十分喜欢。每次他来，都丢下手里的活计，去逗弄他。朱凤珍把量衣尺往裁衣板上一丢，啪的一声，平地惊雷般。苏丽丽的儿子吓得睁圆了眼，扯了王绣纹的衣襟要走。王绣纹只得走了，走之前，笑吟吟问一句，你家米青，今年多大了？朱凤珍气得差点把量衣尺往王绣纹脸上扇去，米青多大了，她能不知道？苏丽丽和米红同岁，米红比米青大两岁。成了心要哪壶不开提哪壶！可现在好了，朱凤珍不怵了。下次王绣纹再来，她也要猫戏老鼠，一样一样对王绣纹说，说米青结婚了，说米青的老公是博士，说米青的老公是大学教授，看她还张狂不？

汤亥生和米青婚后的生活很美妙。两人是初婚，也是初恋。汤亥生之前没谈过恋爱，有过一次暗恋史，是大学同班女同学，也就暗恋了两个月，两个月的瘄痲思服之后，有一次他在校外撞到这个女同学和一个男人手挽手做伉俪情深状，他的暗恋立刻就胎死腹中了。弃置何足道，努力加餐饭。他勉励自己。当天在食堂就买了红烧肉，晚上的睡眠也恢复了，以后就再也没有什么情事了，最多不过一时半刻的恍惚，不足挂齿的。米青呢，也算没谈过，有两个男生正式向她示过好，一个是大学时文学社的成员，物理系的，却无比热爱写诗；另一个是读研时的堂师兄，因为不同门，是研究先秦文学的。两人一开始都获得了米青的好感，但后来都没通过考察——考察的内容说起来也简单，就两项：一是上书店待上一整天，二是约上朱蕉一起去喝一回酒。如果在进行这两项内容时，男生始终能表现出心无旁骛的品质，考察就算通过了，如果男生有片刻的坐立不安心猿意马，米青立刻就会暗下决心。米青做事，一向有自己的原则的，不关原则处，疏可走马；关于原则处，密不透风。杀伐决断，毫不手软。那两个男生，就在不明就里的情况下，被杀伐了。

而汤亥生，也是在不明就里的情况下，通过了米青的考察：马桶边放书架的男人，对朱蕉的风情视而不见的男人，对米青而言，基本属于量身打造，米青遇见了，只能叹：今夕何夕，见此良人！

那天的酒席之上，米青看上去是淡泊明志的样子，却一直冷眼旁观，几个男人在朱蕉面前的反应，她明察秋毫，一清二楚。

爱情在三十岁时才来，似乎有些姗姗来迟。米红十几岁就开始恋爱了，和三保青梅竹马，和陈吉安眉来眼去。可十几岁恋爱有十几岁的好，因为什么都没经历过；三十岁恋爱也有三十岁的好，因为什么都经历了。而米青和汤亥生的恋爱，却同时具备了这两种好：两人虽然都年过三十，却没有恋爱的实践经验；可两个人又都具有丰富的理论经验，读万卷书，行万里路，也就是说，他们在爱情的世界虽然足不出户，其实呢，日月星辰锦绣山河早就见识过了。再次相见，感觉是温故知新，或者说旧地重游。

早知如此，我们何不让老孟的横批写上"梅开二度"，也省得他"花好月圆"写得不情不愿。

两人狎昵时，米青调戏。孟教授写对联之事，姚老太太早对米青说过了。

汤亥生说，依你那意思，又何必"梅开二度"，干脆"梅开千度"不是更切题？

那样的话，对联下面还要让老孟用蝇头小楷加一注释，不然，别人一旦误读，我们在师大就身败名裂了。

可老孟不写小楷，这事说不定还要麻烦陈季子了。——陈季子的楷书在中文系是第一人，尤其是蝇头小楷，他因此在全校专门开了选修课，就叫《楷书要论》。

但要劳陈季子主任的大驾肯定行不通，这事看来只能泡汤了。

只能泡汤了。

汤亥生一本正经地说，米青亦一本正经地说。这是他们的言语方式，或者说，谈情说爱的方式，总是寓谐于庄的，寓谲于正的。

米青和汤亥生的家，最阔的是卧室兼书房，第二阔的是洗手间兼书房，第三阔的是客厅兼书房，最简陋最寒碜的是厨房。

一单口煤气灶，一白瓷砖砌的水池，两个木橱，一木橱放杯盘碗盏油盐酱醋，另一木橱上放了个微波炉。看上去，有点像单身宿舍的厨房装备。其实还不如有些单身的人讲究，至少当初马骊和她未婚夫的煤气灶，是双口的。

本来结婚前米青应该改造一下的，姚老太太过来送对联时，顺便参观了他们的房子，提了很多建议，其中啰苏最多的，就是汤亥生的厨房。关于婚姻中厨房的重要性，姚老太太发表了许多高论，但米青笑笑，姑妄听之了，厨房属于她疏可走马的范畴，她和汤亥生的口腹之事，基本在学校食堂解决。师大有五个食堂，最近的教工食堂，离他们住的楼不到100米，下楼转个弯，就到了。

米青和汤亥生一般都在教工食堂吃，教工食堂的米饭好吃，东北大米，晶莹圆润，如富家千金小姐一样，也不贵，二毛钱一两，米青买二两，汤亥生买四两，再加上一份豆豇虎皮椒、一份韭菜炒鸡蛋、一尾红烧鲫鱼，很不错的一顿午餐了。如果天气好，有阳光，他们就喜欢坐在食堂外面吃，食堂外的路边种了樟树，樟树下有木椅，他们一人一个饭盒，一人一本书。阳光透过樟树叶子照下来，斑斑驳驳的，照到米青的脸上、书上，把米青照得昏昏欲睡了，米青便把饭盒和书一丢，斜靠在汤亥生的肩上，眯一会儿。汤亥生仍然一边吃他的饭，一边看他的书。

米青有时不让他看，把书抢了，扔到脚下，汤亥生也不生气，捡起来，拍一拍，再翻到刚看的那一页，用书签夹夹好。之后就陪米青静静地坐着，看路过的人，或狗。教师宿舍区现在有许多狗了，养得最好看的，是苏不渔家的苏苏和陈季子家的薛宝钗，苏苏小巧玲珑，薛宝钗珠圆玉润。米青看了，很喜欢，一时心血来潮，也想养一只。把这想法和汤亥生一说，汤亥生不置可否，只是笑，把米青笑得不好意思了，也是，她到现在，别说养动物了，就是养植物，也是养一盆死一盆，结婚时马骊和她的未婚夫送了盆绿萝过来，明明说可以养两三年的，结果，到他们家不过两三个月，葳蕤丰腴的绿萝就日渐憔悴，最后终于呜呼哀哉了！米青一气之下，又到花草市场上买了盆绿萝回来，两三个月后又呜呼哀哉了。这真是见鬼了，米青不信那个邪，又捉了汤亥生到花草市场去，这一次发了狠，米青一下子买了两盆绿萝回来，一盆放卧室书架边，一盆放客厅书堆边，小小的屋子，一时绿意盎然，简直有田园诗歌的意境。米青小心翼翼，严格按姚老太太指导的方法来养护，结果更糟，两盆绿萝一个月之后就相继"桑之落矣，其黄而陨"了。米青不明所以，问姚老太太，姚老太太也茫然得很，只好说，没别的，风土不宜。

米青要再买，汤亥生不愿意了，说，你这是滥杀无辜荼毒生灵。这帽子一扣，米青不好意思了，只好放下屠刀立地成佛。两人后来到别处去田园诗歌，也不用走远，就在楼下，学校的教授都爱养花草，窗台上，院子里，处处花红叶绿，他们坐在食堂外面的木椅上，看对面人家的院子。院子第一家，是新闻系的庄教授家，庄教授的老婆是日本人，他家的院子因此具有日本庭院的风格，麻雀虽小，五脏俱全，院子里花草扶疏，玲珑有致，还挖了一个小水池，小水池他们走近看过，里面养了睡莲，还有几条红金鱼白金鱼，张了裙子一样的尾巴，在墨绿色的水里游来游去。廊檐下有类似榻榻米的木板，木板上放了一灰布坐垫，米青有时很想进去，在那布垫上坐一坐，那或许就不是中国式的田园诗歌了，而是日本松尾芭蕉俳句的意境，"闲寂古池旁，青蛙跳进水中央，扑通一声响"，那些花花草草下面，应该藏了一两只青蛙吧？但米青和庄教授不熟，和他的日本夫人更不熟，所以，就只能在围墙外看一看，过过干瘾。

对面院子第二家是历史系程教授家，程教授家的院子没有庄教授家好看，在庄教授家看花看草，在程教授家就只能看老太太。他家有个白发老太太，一天到晚，在院子里活动：择菜，晾衣晾鞋袜，或者用一小竹匾，晒小干鱼——程教授家似乎总有晒不完的小干鱼，所以每次在教学楼遇见程教授，他身上总有一股子干鱼味儿。米青不爱闻，只好屏息几十秒，待程教授走远了，再呼吸。

一开始米青以为那白发老太太是程教授的岳母，后来才知道，那就是程教授的夫人程师母，程师母比程教授大八岁，又没文化，没人知道程教授当初为什么会娶程师母。就连号称师大百科全书的姚老太太，也不知道其中缘由。米青极惊讶，惊讶之余又生出敬佩之心，为程教授溯洄而上的勇气，男人都喜欢一树梨花压海棠，可程教授家，却风景殊异，完全是一树海棠压梨花的景致。这种不庸俗的男人，米青欣赏。可汤亥生不以为然，汤亥生说，这不过是体现专业素质的一种方式，你要知道，人家是历史系教授，所以会用历史的眼光看问题，历史愈长，就愈有审美价值。这是胡诌了，汤亥生这个人，有点像老米，在外人面前一本正经不苟言笑，可在老婆面前，说话也有几分轻薄的。——不过这种轻薄，米青也喜欢。

米青有时会内疚，他们这种行为是不是有点不道德，在别人不知道的情况下，偷窥了人家的生活，并且对人家的生活胡说八道。汤亥生说，我们这行为，相当于看《清明上河图》，或《东京梦华录》，然后学一学金圣叹，评点几句，怎么就不道德了呢？

这说法米青又喜欢，他们坐在木椅上，看看树，看看狗，再看看人家院落里的生活，然后闲言碎语几句，不过相当于看画看书，相当于文艺批评，没什么不道德的。米青这下子看得理直气壮了。汤亥生这家伙，看来还真不是白长了个孔子一样的大脑袋，都有化俗为雅的能力，孔子能堂而皇之"食不厌精，脍不厌细"，汤亥生呢，能在如厕时坐拥书城，还能在窥看人家院子时堂而皇之说，这是在看《清明上河图》和《东京梦华录》。

厉害！着实厉害！

当然，对米青而言，汤亥生的好，不仅能和孔子一样化俗为雅，更重要的，是他也和孔子一样，有"己所不欲，勿施于人"的美德。

食堂吃久了，偶尔也会生厌。尤其在黄昏时，楼下人家的厨房里，会有十分浓郁的饭菜香味飘过来，汤亥生的脸上，这时就有"心向往之"的迷醉，亦有"虽不能至"的遗憾。人类最原始的生物需求，毕竟是十分强大的，光靠书本根本无法抑制它。米青对此也深有体会，深有体会也没办法，总不能觍着脸跑到别人家的厨房去满足自己的生物需求。那女人米青倒认识，姓姜，不知是叫姜子鱼，还是叫姜子瑜，她丈夫是个大嗓门，似乎须臾不能离开自己的老婆，总听到他在院子里"姜子鱼"、"姜子鱼"地喊，米青和汤亥生为那个女人的名字打过赌，米青赌叫姜子瑜，瑜，美玉也，天生是女孩子的名字。父母把女儿叫作玉，既希望她长得如花似玉，又希望她过金枝玉叶的生活，又希望她有守身如玉的道德，言简意丰，一字千金，不用在女人的名字上，简直糟蹋了这个字。汤亥生说，那宝玉还是男人呢，名字不也是玉吗？米青说，宝玉之所以成为败家子，就因为取坏了名字，男人取个女人的名字，能好吗？周瑜呢？周瑜不也是妇人胸襟，才被孔明气得吐血。都是玉字惹的祸。也是，可汤亥生还是赌叫姜子鱼，人家的父亲说不定是搞历史的，知道姜子牙在渭水钓鱼这个典，所以叫姜子鱼了。两人争执不下，只好赌。赌什么？米青提出赌三声狗叫，不是汪汪汪就敷衍了事的那种，而是命题作文，如果汤亥生赢了，米青就得学陈季子家的薛宝钗叫，薛宝钗是公的，叫声狂放，是大江东去的那种；如果米青赢了，汤亥生就学苏不渔家的苏苏叫，苏苏是母的，叫声柔媚，是唱小旦的那种腔调。且要学像了，得分八十以上，才能通过。但汤亥生不同意学狗叫，不是他没信心——他在乡下长大，别的没听过，但鸡鸣狗吠那是听多了，学狗叫，那也是童子功，肯定能叫好了。熟读唐诗三百首，不会作诗也会吟嘛！可八十分由米青说了算，那就不科学，万一米青徇私舞弊，总给他六十分，那他岂不要一直学苏不渔家的母狗叫？汤亥生不上当，汤亥生要赌别的，别的什么？他要赌一顿饭，楼下人家的一顿饭，汤亥生说，如果那个女人叫姜子鱼，米青就要去楼下人家提要求，不管是以什么理由，总之就是要到她家蹭顿饭。米青觉得汤亥生真是馋疯了！好在，那女人不叫姜子鱼，也不叫姜子瑜，而是叫姜芷芸，女人的老公卷舌音不卷舌音分不清，鼻音又分不清，所以子芷不分、芸鱼不分了。汤亥生知道后一脸失望，犹自恋恋不舍地对楼下探头探脑，仿佛是到嘴的鸭子飞了的沉痛表情，米青对他没出息的样子觉得好笑，佯恼了把汤亥生从阳台上拉进屋，然后关上门窗，又开始夫妻双双苦练思无邪了。

思无邪经常不管用，这时汤亥生和米青就会去"凤祥春"打一回牙祭，"凤祥春"的东坡肉做得好，啤酒鸭做得好，铁板鲈鱼也做得好，汤废生喜欢吃啤酒鸭和东坡肉，米青喜欢吃铁板鲈鱼，没关系，都点，谁也不用谦让。人生得意须尽欢，莫使金樽空对月。五花马，千金裘，呼儿将出换美酒。汤亥生平日是汤亥生，可一到酒桌上，就摇身一变，成半个李白了。有半个李白的人生高度，也有半个李白的慷慨，米青很喜欢。当然，所谓换美酒只是那么一说，李白喝酒是为了斗酒诗百篇，他们也不写诗，换美酒干什么？他们醉翁之意不在酒，只在肉。两人以茶代酒，大碗喝茶，大块吃肉。把肉盆吃得见底之后，再用东坡肉汤汁浇饭，一人一大碗。米青的饭量，巾帼不让须眉，和汤亥生比起来，不说有过之，至少无不及。两人吃得满嘴流油，肚皮滚圆，然后心满意足地回家。

这种吃法有点儿像穷书生买春，只能偶尔为之，因为身子吃不消，经济也吃不消。每回去"凤祥春"之后，他们的钱包就明显瘪下去许多，肠胃也会不自在许多天，两人揉着肚皮算算账，只好喝几天稀饭了。

如果自己做，就省许多。菜市场的猪肉十块钱一斤，鸭子七块钱一斤。买两斤猪肉二十块，买一只鸭子二十块，加上一瓶啤酒，油盐酱醋，不超过五十块，两个人，吃几天。姚老太太这么对汤亥生说。是语重心长的教导，也是别有用心的批评。这批评倒不是只针对米青，而是针对所有不做饭的女老师。中文系有好几个这种女老师，她们以为读了几本书，就有资格不做饭了，就有资格让男人系围裙了。姚老太太最看不得这种女人。孟教授在娶她之前，有过一个对象，也是中文系的，不知什么原因两人分手了，那女人后来嫁给了老金教授，老金教授当时还是小金讲师。每次上课时都会拎了两个会议袋子，一个会议袋子装讲义，一个会议袋子装菜，装讲义的袋子搁在讲台上，装菜的那个袋子就斜搁在讲台后，小金讲师也不避嫌，就由了芹菜莴苣绿叶子从袋口露出来。即使有督导听课，他也是这做派。由此金老师美名远扬，都知道金老师上课前要先去菜市场，下课后要洗手做羹汤，而且这羹汤做得和他的莎士比亚研究一样好，而且还乐此不疲地做了几十年，从小金讲师都做到了老金教授。女老师们有时闲了，心情好了，会拿这个调笑他老婆，他老婆也一把年纪了，还娇滴滴地说，没办法，我这个人，有毛病，闻不得油烟味，闻了，就心口疼。闻油烟为什么会心口疼，姚老太太想不通，好歹也要有个像样的说辞，比如反胃，比如皮肤过敏，虽然也牵强，但多少还能说得过去。说闻油烟会心口疼，简直是秦桧的莫须有，是赵高的指鹿为马，明目张胆地欺负人。姚老太太愤愤不平，这女人也忒不像话，老公把菜袋子都拎到了教室，她不以为羞，反以为荣。如果当初孟教授娶了她，那如今拎菜袋子进教室的，就不是老金了，而是老孟了。姚老太太经常这么对孟教授说，是表功的意思，想要孟教授为娶了她这样贤惠的老婆感恩戴德。孟教授这辈子没进过厨房，一直过着衣来伸手饭来张口的剥削阶级生活。一般情况下，姚老太太是很娇纵孟教授过这种剥削生活的。但有时也觉得委屈，也想享受一回老金老婆的待遇，可孟教授却坚决不干，说什么君子远庖厨。什么意思？按他这说法，他是君子而老金是小人了？狗屁！如果不是娶了她，他凭什么君子远庖厨！忘恩负义的老家伙！姚老太太平时称呼老孟，喜欢和他的学生一样，称呼孟教授，但一生气，就叫老家伙了！

但汤亥生米青的模式和他们不同，他们是一人做，一人吃，反正周瑜打黄盖，一个愿打一个愿挨。汤亥生和米青呢，都不愿意做，都想吃。这自然不行。好在两人都高度理解对方，已所不欲，勿施于人。有了这种认识，汤亥生就不怪米青，米青也不怪汤亥生。两人志同道合吃食堂，食堂吃一段日子，吃厌了，就志同道合上一次"凤祥春"，平均下来，差不多是一个月两次。比上书店的频率低，他们上书店，是一周一次，按汤亥生的说法，这叫周期性发作。

他们偶尔也用一用厨房。汤亥生会煮面条，清煮，放两个鸡蛋，几片青菜叶子，就点螺蛳酱，也蛮好，如果面没有煮坨了的话。但面经常是会煮坨的，坨成面疙瘩，他们家的煤气灶有点问题，火苗总是很小，要把面和鸡蛋煮熟，要十分钟呢，这十分钟汤亥生也不能好好等，要看书，一边看书一边等，结果，面坨了，没法吃，两人相视一笑，又各自拿了饭盒去食堂。

米青会煮稀饭，大米稀饭、小米稀饭、绿豆稀饭，花样很多，总之是稀饭系列，还会煮红豆花生莲子稀饭——这个不叫稀饭，叫粥。《浮生六记》里的芸娘，为沈三白在闺房中藏粥和小菜的故事，米青很喜欢。所以每次熬粥，米青都是郑重其事的样子。熬粥要一个小时呢，一个小时很难不开小差，米青就用闹钟，闹钟响三次，第一次是要关小火，第二次是要搅一搅，然后半开了钵盖，第三次呢，粥好了，米青大叫一声汤亥生，汤亥生就跑过来了，戴上棉手套，把粥钵子很小心地端到桌子上，然后，拿碗碟、拿筷子、盛粥、打开剁椒和腐乳瓶盖子，米青就闲了手，老爷一样坐在桌子边，等汤亥生侍候，她熬了粥，是功臣，理所当然可以当老爷。

他们的日子就这样过了三年，如果不是汤米要出生，他们或许就这样过一辈子了。

汤米也叫米汤，学名汤米，小名米汤，别名米汤生——这别名是汤亥生坚持要取的，汤亥生说，古代的文人不都有个别名吗？李白别名青莲，杜甫别名少陵，都风雅得很。米青且由他了，汤米还在肚子里呢，不过两个月，看超声波，还是一只蝌蚪。一只小蝌蚪，竟然就学李白杜甫，弄个别名，也煞有其事了。米青憋住笑，由了汤亥生忙乎。

考虑到汤米在米青肚子里的进化，再吃食堂有些不合适了，他们打算请个保姆，打电话给朱凤珍，让她在辛夷帮忙物色一个，条件不高：只要求手脚干净，能做好饭菜。

这好办，朱凤珍说。

可半个月后，米红来了。

米红来之前没有告诉米青，米青还以为是保姆来了，兴冲冲让汤亥生去车站接，结果，没接到保姆，把米红接来了。

米青很恼火，背了米红质问朱凤珍，怎么回事？他们要找的是保姆，又不是千金大小姐。朱凤珍也知道这事米青肯定不乐意，所以赔了小心说，自家姐妹，总比别人好。怎么比别人好？米青那个气，她和米红打小关系就不好，朱凤珍又不是不知道。朱凤珍说，再不好，也比保姆强，至少不会像保姆一样，在饭菜里面下砒霜。辛夷以前出过这事，保姆被东家扇了耳光，恼羞成怒之下，用砒霜毒死了东家好几口子。这事当时在辛夷闹得很大，米青也知道。可米青和汤亥生又不会扇保姆耳光，要担心保姆下砒霜干什么？杞人忧天！

很显然，朱凤珍让米红过来，有其他的意思。

什么意思呢？米青不问，米青懒得问，反正过几天，她就让米红回去了。

朱凤珍不同意，米红是不能回辛夷的。

为什么？

因为——因为——

因为什么？

朱凤珍不说话了。

问老米，老米说，黄佩锦的老婆到苏家弄来闹了两次。

黄佩锦老婆为什么到苏家弄来闹？

为什么？还能为什么？米红离婚后，不好好在家待着，一天到晚到"莲昌堂"隔壁那家杂货店去厮混，和杂货店的老板娘打得火热。那个杂货店的妇人，不是什么好东西。每天涂脂抹粉，打扮得妖妖冶冶的，在麻将桌上勾搭男人。米红就是被她带坏的。一开始老米就警告了朱凤珍，让她管管米红，年纪轻轻的，就迷麻将，不是什么好事。他还是希望米红跟着朱凤珍在裁缝铺里做事，裁缝虽然不算什么好工作，但至少能自食其力。老米这个人，虽然有"万般皆下品，惟有读书高"的思想，但对自食其力，也是很看重的，这也是当初他在娶不上女老师之后会退而求其次娶朱凤珍的原因。可朱凤珍却不是这样，她自己虽然是裁缝，却一向不太瞧得起这门手艺的。在她看来，米红就算离婚了，那也不过和老蛾说的那样，是暂时的贵人落难，凤凰落草，总有一天，会时来运转展翅高飞的。娘娘的命相呢。所以她很纵容米红。不就是打打麻将嘛，有什么要紧，辛夷有打麻将的风气，很多人都打的，就是朱凤珍自己，有时下午店里的活不忙，她也到隔壁摸上两圈。

再说，米红打麻将还赢钱。杂货店的老板娘看来不单教会了米红涂脂抹粉，还教会了米红打麻将。米红这个人，指间不紧的，花起钱来，一向很大方，经常用赢来的钱给朱凤珍买这买那，买珍珠面霜，买杭州丝巾，买补血阿胶。补血阿胶用黄酒、冰糖、芝麻、核桃一起炖了，朱凤珍冬至前服用一段日子后，不怕冷了，以前冬天朱凤珍是很怕做事的，冷，春节前，偏活计多，铁剪刀握在手里，冰凉冰凉的，让她经常感叹自己命苦。现在因为阿胶，命不苦了。

这都是托米红的福！

所以，即使有了一些风言风语，朱凤珍也假装没听见，由了米红每天打扮得花枝招展的，到杂货店去混。

结果，又出了事，黄佩锦的老婆闹上了门。

这一次人家有了证据！米红有一天夜里打完麻将后，不回家，而是和黄佩锦一前一后去了"莲昌堂"，虽然他们蹑手蹑脚，可还是被门房老顾看见了。老顾本来不想多事，主人风流，和门房没什么关系，可米红出来时手上提了几盒阿胶，这就和门房有关系了，老顾是个有责任心的门房，第二天就向夫人告发了这事。

人家于是上门了，话说得很难听！

老米和朱凤珍这才知道，朱凤珍吃的阿胶，全是黄佩锦孝敬的。

米红在辛夷，现在名声是彻底坏了，没有哪个正经男人愿意娶她了。

米青这下子明白了，朱凤珍让米红到她这儿来，不是为了过来当保姆，而是过来嫁人的。

　

米红住书房。本来米青和汤亥生是没有书房的，但一年前学校为了吸引外来博士，出台了一个新政策，所有的博士可以享受教授的住房待遇，汤亥生的一室一厅就换成了两室一厅。

房子是二手的，之前住的是艺术系的王喆教授，王喆学徐渭，画水墨牡丹，画出了名，就到法国去了，据说法国人，尤其中产阶级，很欣赏王喆的水墨牡丹，说有东方的意味。王喆夫妇现在住在巴黎，塞纳河的左岸，当年玛格丽特·杜拉斯住过的地方。他们在那儿开了家画廊，靠着王喆水墨牡丹里那东方的意味，过着具有西方意味的生活。

他们腾出来的房子，米青很喜欢，有艺术的气息，卧室里贴了墙纸，淡紫色木槿花的；另一间房，想必是王喆的画室，好几个地方，都画上了水墨牡丹，肯定是王喆出名前画的，牡丹肥肥胖胖的，杨贵妃一样，汤亥生看了，不喜欢，说是墨猪，要刷了。可米青不同意，她喜欢书房里有这样的墨猪，不是因为什么东方的意味，而是画饼充饥——既然活的牡丹养不了，那么看看画里的牡丹，也还是很好的。王喆家的厨房也讲究，这有点出乎米青的意料，艺术家的生活，看来也有世俗的一面，灶台橱柜油烟机，一应俱全，还有一个格兰仕微波炉。王喆夫妇走时，一样也没拆走。

米青他们没有重新装修，只是把原来的书架都搬了过来，卧室的，客厅的，卫生间的。书房里放了张沙发床，本来是两用的，客来了打开当客床（他们其实基本没有客来，搬进来住了一年多，只来过两次客，一次是汤亥生的小学同学，另一次是汤亥生的中学同学），平时呢，基本就是米青用，米青喜欢箕踞而坐在上面，读书，或者入禅（入禅是米青自己的说法，汤亥生说是发呆）。可现在，米青用不成了，米红把米青的书房变成了她的卧房，把米青的沙发变成了她的床。

汤亥生更不方便。原来他的电脑就放在书房，他最喜欢坐的藤椅也在书房，他在那儿备课，在那儿写论文，在那儿改作业。现在米红鸠占鹊巢，汤亥生没办法，只好把他的电脑和藤椅转移到卧室去了。

如果不是米红，而是保姆，他们本来没打算让她住家里的。汤亥生在青年教工楼借好了半间房，是姚老太太帮他借的，她隔壁老俞家的保姆一个人住，十四平米的单间宿舍呢，太奢侈了，姚老太太和俞师母的关系很好，一说，人家就答应了。

结果，白借了。

米红会做饭！

是第三天才动手的。第一天她睡了整整一天，第二天看了一天的电视，直到第三天，她才系了围裙，板着脸进了厨房。

韭菜炒腌熏笋丝，粉蒸肉，西红柿鸡蛋汤，几个菜一上桌，米青和汤亥生几乎惊艳了。

本来以为是个不通文墨的学生，结果考试时却交出了一篇锦绣文章，米青瞠目结舌。如果不是就在自己的眼皮底下，她真要怀疑这个学生作弊了。

米红却轻描淡写。没吃过猪肉还没看过猪跑吗？做饭又不是读书，又不是绣花，有什么难的？

术业有专攻。看来韩昌黎没有瞎说，米红至少在做饭方面，有些天赋。

米青窃喜。汤亥生却喜形于色。民以食为天，这下子好了，他们家天大的问题算是解决了。米汤生的进化从此不必担心，而他也不用上"凤祥春"就能吃红烧肉了。

汤亥生对大姨子的印象，立刻大大改观。之前他对她是有误解的，这怪米青，在米青的描述里，米红基本是个好吃懒做的绣花枕头，外面花花朵朵姹紫嫣红，里面败草烂絮黑咕隆咚。

看来不是这样，人家里面也有花朵！

评论一般都是靠不住的，因为带了评论者的偏见，要想了解文本真正的内涵，还是要读原著。

汤亥生这么对米青说。米青哂然，男人还真是味觉动物，不过一顿饭，就把汤亥生收买了。

之后家务汤亥生和米红分工合作。米红负责做饭，汤亥生负责洗碗；米红负责晾衣服，汤亥生负责拖地。买菜呢，一般是米红的事，但如果汤亥生那天没有课，他就主动请缨了。

米青拿汤亥生开玩笑，说，你耕田来我织布，你挑水来我浇园。这画面，有点儿像唱《天仙配》呢！

那是。你眼红的话，挑水这活让给你？

哪能呢？君子不夺人所爱。

米汤生现在六个月了，米青已变得十分慵懒，连课都经常让汤亥生代，更妄论挑水了。

朱凤珍打了好几个电话过来，欲言又止的，问米红的情况。米青知道她的意思，无非怕米青真把姐姐当保姆用，那么娇生惯养金枝玉叶般的女儿呢，寄人篱下到妹妹家。朱凤珍心痛呢！

也不知道之前朱凤珍是怎么做思想工作的，米红竟然肯到她这儿来。

如果是过来嫁人，米青是没办法的。她又不是姚老太太，怎么会干保媒拉纤的活？

再说，她在大学工作，认识的人都是教授博士之流，米红一个野鸡中学毕业的高中生，一个无业游民，和他们不是风马牛不相及吗？

她私下里这么对汤亥生说。

汤亥生却不以为然。胡适学问大不大，美国的留学生呢，北大的校长呢，还不是娶了没文化的江冬秀，两人也白头偕老了。

那怎么一样呢？那是旧社会。旧社会女子无才便是德。

新社会不也有胡朝安吗？

胡朝安是哲学系教授，在学校是大名人，之所以出名，不是因为哲学，而是因为他女儿的一张大字报。胡朝安老婆死后不到一个月，就续弦了，而且续的弦，还是家里原来的保姆。他女儿愤极之下，在人文学院门口贴了大字报，大字报的题目是：试问胡朝安教授的道德情操。文字毒辣，情绪激昂，几乎可以和骆宾王的《讨武檄文》相媲美。学校哗然，师生们争相传诵这篇大字报。胡朝安迅速大红大紫，选修他课的学生一时人满为患。这让哲学系其他老师颇为眼红，如今哲学课在学校是很受冷落的，许多选修课都因为选修学生的人数不够而开不出来，没想到胡朝安因祸得福。哲学系老师眼红之余，也恨不得有人给自己贴张大字报，好曲线救国，不，曲线救哲学。

米青有点不高兴了。他们在这儿讨论米红呢，他拿臭名昭著的胡朝安做例子，什么意思？

没什么意思。不过是说，在婚姻这事上，男人的逻辑和女人不一样。

你是说，米红也能嫁个教授？

不是没有这个可能。

那好，你有本事帮米红找个教授嫁，朱凤珍说不定会给你磕头的。

汤亥生不说话了。

如果天气好，米青也愿意和米红出去走走。

医生说了，多运动运动，对生产有好处。

而且，朱凤珍也说了，小心翼翼地，期期艾艾地，要她多陪陪米红，毕竟米红在省城，人生地不熟。

米青不喜欢朱凤珍的语气，托孤般的不舍。

至于吗？

不过，考虑到米红现在的心情，米青多少还是有些不忍。

学校西南角有个李白湖，米青喜欢到那儿坐。

李白湖和李白没有关系，是桃红李白的意思。湖边有十几株李树，春天一到，千朵万朵李花一开，那种素色的绚烂，是米青耽美的另一种绮艳。米青以前读《红楼梦》，金陵十二钗中，最不喜欢的是薛宝钗，因为她身上的方巾气，更因为她亵渎了爱情——明知道宝玉爱的是林黛玉，还盖了红头巾嫁宝玉，太死乞白赖了！但后来米青修正了她对薛宝钗的看法，就因为薛宝钗的一句诗：淡极始知花更艳。看李白湖边一树树盛开的李花，米青十分赞同薛宝钗以素为绚的审美观。不管如何，至少在花的审美上，米青和薛宝钗志同道合了。

不过，现在不是花季，李树上没有一朵花，也没有一个李子，米青坐在湖边，缥缈了眼神，是缅怀的姿态。

姐妹俩几乎没有话。说什么呢？

米青本来想问问米红这几年的生活，尤其是感情生活，和俞木离婚后，也有七八年了，怎么没有再婚呢？难道这么多年就一直和那个有妇之夫黄佩锦纠缠一起？

可米青开不了口。她们打小就不是亲密的关系，怎么问这么闺房性质的问题？

除了说说朱凤珍的身体，说说苏家弄的人事变迁，别的，实在没有什么好说了。

而且，米红也不是多话的人，尤其对米青，愈加不爱说话。

姐妹俩在这一点上都随了老米，遇上投机的，能滔滔不绝；不投机的，则一言不发。

后来米青再约米红出门，米红就不愿意了。

两个女人坐在湖边发呆，没意思。如果是苏丽丽，她们可以说西班牙，可以说陈吉安，可以说职高的老师尤小美（尤小美后来还是嫁了一个老头，这女人简直有恋老癖，当年做学生时，就和一个外教老头胡搞）；如果是杂货店老板娘，她们可以说麻将，可以说胭脂，也可以说黄佩锦。

可和米青，她什么也说不了。

她有点想念苏丽丽和杂货店的老板娘了。

虽然她现在和杂货店老板娘的关系不好了。因为黄佩锦，也因为麻将桌上其他男人的表现。以前麻将桌上的风头都是老板娘的，老板娘的一个兰花指，一个眼风，男人们立刻就魂不守舍了，所以，即使有男人在她眼皮底下对米红献殷勤，老板娘也从不拈酸吃醋，很大度地视而不见，或者是皇恩浩荡大赦天下般的雍容一笑，后来就不行了，米红青出于蓝，渐渐有长江后浪推前浪的意思，老板娘就再也没办法雍容了，开始是阴阳怪气，后来是指桑骂槐，再后来干脆就不欢迎米红到杂货店了。每次米红过去，她的态度都十分冷淡，一副爱理不理的样子。她又找了个麻将搭子，一个叫小雪的女人。小雪以前在南方打工，回辛夷后开了家美甲店。美甲店生意萧条，但她不在乎，经常关了店门过来打麻将。她长得其实不好看，凹眼，高颧骨，深色肌肤，却妖艳，挑染了紫红头发，涂了黑乎乎的睫毛膏，看上去风尘得很。

老板娘现在和她打得火热，那些男人，一个个也很喜欢风尘的样子。

甚至黄佩锦，和小雪也暗暗眉来眼去。

老板娘幸灾乐祸，她找小雪，原就是要以毒攻毒。果然，这一招见效了。

麻将桌上的情意，到底薄。

这是米红会到省城的原因。米红对辛夷，心灰意冷了。她的社交圈，从来狭窄得很。离婚前只有苏丽丽，离婚后只有老板娘。老板娘一撒手，米红就成了风中之转蓬，迷茫得很。

所以她到米青这儿，也是负气，也是无奈。

好在有汤亥生，不然，米青和米红不知道怎么在一个屋檐下待下去。

米红不是来侍候我的，而是来侍候你的。米青有一次在饭后忍不住揶揄汤亥生。

汤亥生更喜欢吃肉，米青更喜欢吃鱼。这区别，米青一开始说清楚了的。或许不说还好，一说，饭桌上，十有八九的时候，都是肉了，粉蒸肉。

问米红。米红皱皱眉，说，鱼太腥，每回做鱼之后，手都要腥许多天。

而粉蒸肉，是米家私房菜，好吃，做起来还简单，用几匙自家制的小麦酱（每年八月，三伏天，朱凤珍都会晒上一大坛。米红这一次过来，带了好几小罐呢），和剁椒，新鲜的红尖椒，腌上半小时，再拌上米粉和谷酒，放在电饭煲的蒸笼上就可以了（米老太太当年是用簸笼隔水蒸的，米粉下还垫了青竹叶，那蒸出来的效果，依老米的说法，几乎是一首《诗经》里的诗，俗中见雅，雅中见俗）。

不过，米老太太一死，米家的粉蒸肉就被改良了，簸笼没有了，青竹叶也没有了。——这不怪朱凤珍的，朱凤珍店里忙，而且，青竹叶如今也不好摘了。

米红做的就是朱凤珍的改良版。即使是改良版，汤亥生也吃成桃李春风一杯酒的沉醉样子。

这样子米青不爱看，为了打击汤亥生，米青说起米老太太的粉蒸肉，用反衬的方式，说米老太太的粉蒸肉，是嫡出，贾宝玉般的精致；而米红的粉蒸肉，是庶出，贾环般的粗俗，上不了台面。

米青这话说了没过几天，米红做的粉蒸肉，下面也垫了青竹叶，不单下面垫了青竹叶，上面还撒了切得细细碎碎的芫荽。

所有的香料里，汤亥生最偏爱芫荽。

米红说，快过端午了，菜市场上，有乡下人担了竹叶来卖。

芫荽也不贵，五块钱一斤，比辛夷卖得还便宜呢。

米青不接腔，只微微笑了看汤亥生。

汤亥生不看她，只低头吃饭，依然是桃李春风一杯酒的样子，不，这一回，是桃李春风两杯酒了。

回到房间里，米青这么说。

怎么才两杯酒？我以为是千杯呢，汤亥生嬉皮笑脸，伸手去抱米青。米青不让，汤亥生说，你自作多情干什么？我这不是抱你，我是抱米汤生。

米青扑哧乐了。

怀米汤生六个月的时候，何必然成了米青家的座上客。

何必然和汤亥生在一个教研室。有一天，他过来给汤亥生送会议通知时看见了米红。

你家保姆？

不是。

那是？

大姨子。

真有福气。不过，是嫡亲的大姨子吗？

是。

不像，不像，我还以为是小姨子呢。

这话是在门口说的，米青没听见。

过两天，何必然又来了，这次是过来和汤亥生谈论文。何必然在学校，是有两重身份的人，一重是古典文学教研室主任，另一重是学报副主编，汤亥生有篇论文在他手上，他过来谈审稿意见。

以前，如果是关于论文的事，他都是打电话让汤亥生去学报的。何必然在学报，有间很大的办公室，二十六平米，比中文系主任陈季子的办公室大了一倍。当年他竞聘系主任，败给陈季子了，之后才到的学报。学报在那个时候，差不多算贬谪之地，偏僻冷落一如苏东坡的黄州。不过，三十年河东，三十年河西，这几年气象不一样了，因为学报成了国家核心期刊，老师们为评职称，一个个趋之若鹜，黄州于是成汴京般繁华了。何必然最喜欢把中文系的老师，叫到他繁华之地谈论文。他让杂工倒上茶，龙井，毛尖，或者普洱，什么都有，随便点。何必然喜欢茶，学校的人都知道。他办公室并排放有两个大书柜，一个书柜里都是学报，各个大学的学报；一个书柜放茶叶，各种各样的茶叶。都是别人送的。何必然不避嫌。和送书收书差不多的性质。不但不污秽，还风雅得很。为了强调这种风雅，何必然有时会给别人讲一讲李清照和赵明诚赌书泼茶的故事，有时呢，会讲栊翠庵妙玉的茶论，一杯为品，二杯为解渴的蠢物，三杯即饮牛饮骡了。何必然坐在办公桌后的皮椅上，一边高谈阔论，一边逍遥自得转皮椅，皮椅转动的幅度一般是左右90度，不过，有时转起兴了，也会转成180度。

可这一次，何必然没有打电话让汤亥生去听他讲李清照或妙玉，何必然降贵纤尊亲自上门了。

因为汤亥生的这篇论文，实在好。中国古代笔记小说中的饮食文化研究。这角度有新意。学报打算发头条，然后再重点推荐给相关选刊，如果《新华文摘》或人大复印资料一转载，汤亥生明年就能破格评教授了。

何必然这么一说，汤亥生微微有些激动了。汤亥生在中文系，也算名士派，别的博士都要"学而优则仕"，汤亥生对仕从来没有兴趣，但对评教授，还是很有兴趣的。

两人相谈甚欢，一欢，时间就到中午了。

到中午何必然也不告辞，仍然很热烈地和汤亥生谈论文。他认为汤亥生关于中国饮食文化的研究工作可以充分展开，展开成一个系列：中国古代诗词中的饮食文化研究，宋话本中的饮食文化研究，清代小说中的饮食文化研究。这么一系列论文发表出来，汤亥生在学术界的影响就大了，就成角儿了。成了学术角儿就好办，可以出国开国际学术会议，可以拿各种项目，省里的，部里的，国家的，如今教育系统有钱，经费充裕，少则几万，多则几十万。书中自有千钟粟，书中车马多如簽，古人所言不虚的。学问做好了，食有鱼，出有车。鱼是甲鱼，车是宝马。

宝马汤亥生没想过，他一般走路上课，有时教室远了，就骑自行车。骑自行车很好，可以锻炼腹肌。他这个年龄的男人，很容易变得丰腴。几年衣食无忧的婚姻生活，加上基本不消耗体力的书斋劳动方式，把男老师们一个个都养成了杨贵妃的样子——还是怀了孕的杨贵妃，以前米青这么打趣，把汤亥生乐开了花。汤亥生因为一直坚持骑自行车，身材苗条得很。

至于甲鱼，汤亥生也不想吃，在他们老家，甲鱼叫脚鱼，渔夫渔妇们沿街叫卖的东西，没有什么了不得。

当然，何必然这么帮汤亥生憧憬，汤亥生一方面不以为意，另一方面也有栩栩然的耽溺。

米青只好留饭，十二点都过了，米青早就饥肠辘辘。

何必然虚让了一回——真是虚让，因为话没说完，人就坐到了饭桌上。

那天米红又做了粉蒸肉，端上来，红是红，绿是绿，美人般香艳，何必然迫不及待地夹一筷子，刚入口，立刻眯了眼，微微且缓慢摇头，做沉醉状，这沉醉状做了相当长的时间，差不多等于一个长镜头，一分钟，至少半分钟——这是何必然表示高度赞美的方式，每次他上课，一讲到苏东坡的《念奴娇》，大江东去，浪淘尽，千古风流人物；或辛弃疾的《破阵子》，醉里挑灯看剑，梦回吹角连营，他的表情就会是这个样子，从来不变，学生们把这个叫作何氏表情，有刻薄的女生，把这个叫何氏水袖——她们认为何必然老师在做戏了，因为又不是第一次读到苏辛，而是读了几十年，文章如女人，当初再美再好，到后来，也读成了糟糠之妻，怎么还会有这种"天上掉下个林妹妹"般的惊艳？做作！

不管如何，何必然的这个沉醉状，把米红做的粉蒸肉，和苏东坡的《念奴娇》辛弃疾的《破阵子》，提到了一个审美高度，这很给面子了。

之后的话题，就不再是汤亥生的论文了，而是米红的厨艺，以及米红。

对于何必然的这种奉承，以及顾盼，米红基本没有什么反应，态度矜持得很。

何必然不以为忤，非但不以为忤，且十分欣赏。落花无言，人淡如菊。出门时，他这么评价米红。

何必然现在时不时过来，过来了，就不把自己当外人，如果米青不开口留饭，他就自己给自己留了。

饭倒也不白吃，他会投桃报李地送一些东西。新上市的螃蟹，野生的猕猴桃，新疆和田枣，泰和乌鸡什么的。

这些东西女人吃了好，补血，养颜，何必然说，看一眼米红。

米红坐在沙发上，一边看电视，一边剥毛豆。十分端庄。

这算什么？米青不高兴，说，何老师，您太客气了，这些东西您自己留着慢慢吃。

我一个人，慢慢吃？不吃坏了？

再说，独乐乐不如众乐乐嘛！

这说法米青觉得好笑。要众乐乐，他也不必总到我家呀？他不会到他女儿家去和女儿女婿外孙女众乐乐？不会和学报编辑部的同事众乐乐？实在不行，和古典文学教研室的老师们也行哪，单单跑到我们家来众乐乐，毛病！

何必然一走，米青对汤亥生发牢骚。

汤亥生也不高兴。

一个知识分子，怎么和三姑六婆一样，到别人家串门子。就算他闲着没事，别人也没事吗？他到别人那儿坐上两小时，别人就要陪坐两小时，他到别人那儿吹上两小时牛，别人的耳朵就不得清静两小时。两小时呢，能看多少页书？能写多少行字？即使不看书不写字，他也能陪陪米青和米汤生，或者上网和庄蝶下上一盘围棋。庄蝶是汤亥生的棋友，围棋下得一般，和汤亥生差不多，业余二段而已，却是个庄子迷，自言能把《逍遥游》和《齐物论》倒背如流，汤亥生对此表示怀疑，他也算是个庄子的铁杆粉丝了，最多不过能顺背几段，那还是年轻的时候。现在能做到的，不过是熟读的程度。庄蝶能倒背？他的这种怀疑，让庄蝶觉得很受辱，意气之下，差点坐了飞机过来让汤亥生当面考他——自然没有，庄蝶是台北人，坐飞机过来一趟可不容易，只好在网上考了，于是汤亥生经常偷袭他，总是在下棋下到十分紧要的关头，突然让他背上一段《齐物论》。——结果，《齐物论》是背出来了，但棋却输了！

汤亥生偷着乐半天。

如果是这种交往，汤亥生乐意，不认为是蹉跎生命，可与何必然，汤亥生不乐意蹉跎了。

关于论文什么的话题，早说完了，后面何必然反复再说的，是他的仕途，以及他在仕途上的春风得意。

何必然这么炫耀的用心，汤亥生自然知道。这个老男人，打第一次见到米红之后，就开始到他家来孔雀开屏了，且一次比一次活泼，一次比一次鲜艳。学院男人，穿着一般都朴素，有些朴素过了头，就成了土木形骸。土木形骸也没关系，反正鸟美在羽毛，人美在学问。这是学院男人通行的审美观。至少是学院男人对学院男人的审美观（他们一般持双重审美观，一重对男老师，另一重对女老师和鸟）。可何必然不一样，应该说，何必然自从他老婆死后不一样了，开始持鸟的审美观了。每次外出开会，或者上课，或者任何有年轻女人在的场合，他都把自己打扮成一只孔雀，一只看上去很有活力的雄孔雀。西装，革履，米色风衣，或者葱绿色粉红色T恤，浅蓝色打磨牛仔裤，旅游鞋，大背头，头发原来是灰白色的，现在染黑了，一丝不乱地梳到脑后，还喷香水，香奈儿，他到巴黎开会时带回来的，学生们因此在背后叫他"暗香浮动"，有更刻薄的男生，直接叫"袭人"了，他知道了，很恼火，叫"暗香浮动"已是不敬了，还叫"袭人"，袭人是谁？大观园里的一个奴才，还是女奴才！他羞得有一段时间不搽香水了，但最近到汤亥生家，又搽上了。米青甚至怀疑他在脸上搽了粉，因为他眼角边上的一块五角硬币大小的褐色斑不见了。米青有一次恶作剧，故意让米红给他盛了碗热红豆汤——这是在学曹丕了，曹丕怀疑何晏敷了粉，就给他热汤吃，热汤一吃完，自然大汗淋漓，如果敷了粉，就要出丑了。可何必然狡猾得很，嫌红豆汤太热，刚喝了一口，就放下了，说等凉了再吃。——《世说新语》何必然想必也读过，所以，米青的花招，他肯定识破了，要是他真搽了粉的话。

汤亥生觉得何必然有些为老不尊。快六十的男人了，还打扮得如此艳丽，还觊觎米红，成什么样子！成什么样子！！

米青本来也认为何必然不成样子，可一听汤亥生说话的语气，一看汤亥生脸上的表情，她突然来气了。

他打扮得艳丽碍你什么事了？

不碍。

他为什么不能觊觎米红？

汤亥生有些蒙，什么意思？难道你同意何必然做你姐夫？

我无所谓，这是米红的事。

也是，这是米红的事。汤亥生听懂米青的意思了。

米青把何必然的事情，告诉了朱凤珍和老米。

米红在她这儿呢，万一有点什么事，她可不想担责任。

年龄，职称，曾经的婚姻及婚姻衍生物，物质生活状况，性格，人品，种种，米青都如写论文般，十分严谨地作了报告。

朱凤珍听了，惊乍成了一只老喜鹊。还是省城好哇，机会多，才去了两三个月，就有教授追，早知道这样，米红一离婚，就应该去那儿的，如果那样，说不定早嫁人！早生子了！白白耽误了这些年青春！

大学教授，好家伙，那是什么身份？搁古代，就是举子了，可以做县太爷的。苏家弄的女婿，有几个是有文化的？文化最高的，以前算弄堂里的苏有德家女婿了。据苏有德的老婆讲，她女婿是大专生，在上海读的书，会讲外国话呢，一次有几个外国人，到王绣纹家的铺子里买瓷器，人家不会说中国话，王绣纹铺里又没人会说外国话，买卖差点没做成，王绣纹一张白脸，急成了猴子屁股，好在她女婿路过，帮他们做翻译，一单几千块的生意才算没泡汤。可王绣纹这个女人，太不懂事，事后连顿饭也没请，连顿茶也没请。苏有德老婆愤愤不平，逢人就说这单事，一边炫耀她女婿的本事，一边鄙视王绣纹的小气。但王绣纹的说法不一样，做外国人的生意，她家也不是头一回，不会说外国话有什么关系，用手指头比一比，人家就懂了，那些外国人，聪明着呢。是苏有德女婿多事，跑过来叽里呱啦乱说一气，看那样子，人家也是云里雾里半懂不懂的。最讨厌的，是他还自作主张降了价，一件青花枕，本来要一千二的，他说一千；一个镂花玲珑灯罩，本来要八百的，他说六百。王绣纹后来埋怨他，他说他是按辛夷的行市来说的。

什么行市？那个外国女人看见灯罩时眼睛都发光了，嘴里发出鸟一样的啾啾声，所以她才要八百的，吃准了她会买。可苏有德女婿这个二百五，没眼色，乱说话，害她少赚了好几百，没找他赔就罢了，凭什么要请他吃饭？

朱凤珍听了，冷笑，没见过世面的东西，一个大专生，也好意思到她这儿来说？她家是什么人家，书香门第！什么文化人没有？研究生，博士，教授，全有，会讲一门外国话算什么？她家米青，会两门外国话呢。会讲英国话，也会讲美国话。她和老米去北京时，在王府井大街，亲眼看到米青和一个黄头发蓝眼睛的外国人说了半天话。更别说汤亥生，听老米说，比米青的学问更大，是副教授。而这个何必然，竟然是教授。教授自然比副教授厉害。如果米红嫁了他，米家就有两个教授女婿了。乖乖隆里咚！辛夷所有的文化人，全捆在一起，怕也没有苏家弄的米家厉害，米家的文化人，质量高哇。到时候，说不定米老太爷会高兴得从棺材里爬出来！

而且，教授的工资那么高，四千多呢。米青说，估计还有灰色收入，学报那地方，肥着呢。

什么是灰色收入？朱凤珍听不懂，但米青的意思，她大概明白了，也就是说，教授的工资，可能比四千还多。

不过，教授有点老了，五十六岁，比她小一岁，比老米小两岁。这么老的女婿，走到苏家弄来，有点太，太不成体统了。

如果教授小上个十来岁，就好了。

米青嗤之以鼻，你倒是想得美！

也是，人家小了那么多，还找米红？

这事老米反对。虽然作为一个中学老师，他对教授，老教授，是很尊敬且仰慕的。可老教授做女婿，是另一回事。他们之间到时怎么称谓呢？叫老何老米？不行，不合伦理！以翁婿相称？又怎么好意思，明明是两个老男人，就算他称得出口，老米还没脸答应呢？再说，还是花枝般的女儿，就嫁一个鸡皮鹤发的老男人，感情上，他也不愿意！

什么花枝般的女儿？都三十五了，朱凤珍着急了。

人家也没有鸡皮鹤发。米青说。

那怎么办？

不知道。

这事还得看米红的意思。

但米红的意思，米青有些看不懂。

她有时对何必然是爱理不理的，有时呢，又极好。何必然来了，米青还没说话，她一边就倒上茶了，或者削苹果，或者用碟子盛了葵花瓜子过来——米红自己喜欢嗑瓜子，且嗑瓜子的技术很好，不，不是技术，而是艺术，何必然说，是具有古典意味的艺术，那涂了蔻丹的兰花指，轻捻瓜子的样子，有点儿像昆曲里的贵妃醉酒。嗑瓜子能像贵妃醉酒？米青哑然失笑，男人真是什么都敢说，难道杨贵妃沦落到秦淮河了？不然，怎么可能这个样子？她问汤亥生，反问，不需要汤亥生回答的，可汤亥生回答了，汤亥生说，谁知道呢，如果杨玉环嗑瓜子的话，说不定就是这个样子。

这是在和米青反弹琵琶了，米青知道。

米青不想生气，米汤生八个月了，生气对他可不好。

北京路上的工艺展览中心有杭州丝绸展销，米红知道了，想去，有点远，坐公车，要倒一趟，先坐12路，三站路，到新东方下车，再转8路，又坐四站路，到巴黎银座下车，再往前走一百米。

米红一听，有点怵。她这个人，方向感很差的，一出门，经常东西南北不辨。还是辛夷好，坐上小黄鱼，到哪儿都可以。

省城没有小黄鱼，但省城有小车。何必然打的陪米红去逛。何必然说，他正好也想买点丝绸呢，到展览中心，二十分钟就到了。

米红回来时，心情很好，买了好几条丝巾，还有一件日本和服式样的绸缎睡衣，宝蓝色，上面有大朵大朵粉红色的牡丹花，看上去真有花开富贵的意思。

多少钱？米青问。

米红不说话，看一眼何必然。

何必然笑笑。

什么意思？难道是何必然买的？米青迷惑。

下一回，人民公园有菊展，何必然兴冲冲来约米红去赏花，米红又不去了。

再下一回，何必然请米红去吃阿一鲍鱼。这太隆重了，米青觉得，可米红不觉得隆重，举重若轻地去了。

或许米红打定主意了，米青想。

何必然一定也这么想了，吃鲍鱼之后的第三天，他过来请米红看话剧《恋爱的犀牛》。何必然穿着大红毛衣，戴一顶黑灰色的贝雷帽，贝雷帽上有个蒂，犀牛角般地往上伸展着。

真像一只恋爱的犀牛。汤亥生嘀咕。

米青一掌搁在汤亥生宽阔的后脑门上，这家伙疯了吗？万一何必然听见了他这嘀咕，不是太尴尬了？

但米青自己也想笑。不是笑何必然的贝雷帽，而是笑他请米红看话剧。说老实话，请米红看话剧，还不如请苏不渔家的苏苏看呢。苏苏虽然是只狗，但听苏不渔讲，聪明着呢，能看懂美国动画《花木兰》呢，每次看到花木兰恋爱画面时，都会做娇羞状。米青打赌，如果何必然带苏苏去，肯定比米红更能理解《恋爱的犀牛》。

真是白糟蹋钱。一张票听说要二百多呢。

米红不去。

为什么？

米红又落花无言，人淡如菊。

这个女人怎么回事？前几天吃鲍鱼时还笑靥如花，怎么一转眼，又这个样子？

何必然一向自诩男女经验非常丰富，可现在，他也茫然不知所措了。

米汤生出生前几天，米青和汤亥生闹了一次别扭。

因为米红。

那天汤亥生下课回来，身上有粉笔灰，米红上前接了汤亥生的讲义包，然后在汤亥生的胸前拍了几拍。当时米青在房间里睡觉，房门是半开的，米红或许以为米青睡着了，但米青没睡着，很清楚地看见了这幕。

要说，拍一拍粉笔灰也不算什么事，关键是气氛不对，两人都一言不发，合谋般一言不发。米红的动作十分轻柔，轻柔里还有一种旖旎的意味。而汤亥生就站在那儿，很配合地站在那儿，由了米红在他身上旖旎。

米红在汤亥生面前，一向有点儿烟视媚行，米青早就看出来了，看出来了也没在意，因为米青认为，这是米红单方面的动作，是自渎的意思，汤亥生是没有反应的，或者说，汤亥生压根是没有看见的。这是汤亥生的另一个好处，非礼勿视。因为这个，朱蕉还开过玩笑，说她找了个百毒不侵的书呆子。可不，如果漂亮的女人是毒的话，朱蕉肯定属于砒霜或者孔雀胆级别的剧毒，汤亥生在这样的剧毒面前，倘能全身而退，米青这辈子基本可以无虞了。只是，嫁这种不解风情的书呆子，你们闺房之乐能尽兴吗？朱蕉懊恼之余，故意损米青。米青气坏了，什么女人？别人夫妻的闺房之乐，关你什么事？怎么不关？难道你没读过范仲淹的《岳阳楼记》，先天下之忧而忧，后天下之乐而乐！米青这下子真哭笑不得了，跳起来，要去撕朱蕉的嘴。

所以，对米红的这种自渎式的表现，米青一直冷眼旁观，有时甚至还带一点恶意的怂恿。汤亥生在厨房杀鱼，非洲鲫，有二斤多，生猛得很，挨了一刀竟然还活蹦乱跳，血水溅得汤亥生一身，汤亥生这才想起要系围裙，让米青给他系，他手忙脚乱地正按着鱼呢。可米青不给他系，让米红系，她两手撑着腰在边上看热闹。之后还拿这个打趣汤亥生。

米青在读大学时写过一首诗，叫《厨房》，诗的最后一段是：

> 窗外，
> 暮色四合
> 厨房的灯火，如花朵般，绽放
> 我的爱人，我沉默寡言的爱人
> 在背后，为我温柔地系上围裙

米青以前也为汤亥生背过这首诗，是他们有一次在厨房缠绵的时候，但现在，米青故意一字一字地背，很显然，有些不怀好意了。

汤亥生的表情十分严肃，他不喜欢米青这个样子。

怎么说，米红也是她姐姐，她不应该这么轻佻的。

到底是谁轻佻？米青恼了。米红什么人，汤亥生不知道，米青还不知道吗？打小就喜欢在男人面前卖弄风情。她的卖弄，还带有端正的表象，这是朱凤珍教育的结果，朱凤珍说，他们家是书香门第，书香门第的女儿，要自重，不能和苏家弄里的那些妹头样，骨头轻。一有男人在，话也不好好说，路也不好好走，全轻飘飘成风里鸡毛了。米红这方面很聪明，一下子就琢磨出一套书香门第家女儿卖弄风情的方法：外刚内柔，外重内轻。别的妹头叽叽喳喳时，她不言不语；别的妹头搔首弄姿时，她娇花照水。她这反弹琵琶的路数，最初不过是为了避朱凤珍的眼，避苏家弄那些妇人的眼，可避着避着，就成风格了。男人乍一看，米红真是不可接近的端庄娴静，可其实呢，米青知道，那端庄犹如鸡蛋，脆弱得很，到时只要男人用手指轻轻一弹，就破了——和苏家弄那些风里鸡毛也差不多。

但这话米青不能对汤亥生说，太刻薄了，有伤她的原则，米青的原则，是不在男人面前说其他女人的坏话——她之前在汤亥生面前，也说过米红的，关于她的懒，她的馋，她的游手好闲不学无术，但那是妹妹说姐姐，有恨其不争的善意做底子，怎么说，都不要紧。而且，米青也避重就轻了，她从来没说过陈吉安、孙魏，或者黄佩锦，那些真让米红致命的话，米青一句也没说过，不是因为家丑不外扬，而是因为修养和骄傲。如果说起那些男人，米青觉得，自己就有恶意了，不是妹妹对姐姐的恶意，而是一个女人对另一个女人的恶意。这种微妙又本质的差别，米青很清楚，正因为清楚，所以她不说。她不喜欢米红，这没关系，薛宝钗也不喜欢林黛玉——喜欢才怪呢！但薛宝钗从来不在宝玉面前说林黛玉的坏话，不单是怕宝玉不高兴，也是薛宝钗骄傲。女人一旦开口恶意中伤别的女人，就说明她嫉妒了！她自卑了！薛宝钗是不屑嫉妒林黛玉的，米青也不屑嫉妒米红。

所以，米青不在汤亥生面前说出那种刻薄话。

事实上，米青什么也不说了。

她用相敬如宾表达她的懊恼。米青平日对汤亥生，也是简慢的，很狎昵的简慢，尤其怀了孕之后，几乎有颐指气使的倾向，但一生气，态度就变得十分客气了——这一点，米青和米红倒是异曲同工了，米红用端庄表达轻浮；而米青，用不同寻常的客气，表达她对汤亥生的不满。

对米红，米青倒还是一如既往。她几乎抱着看戏般的心情，看米红在那儿做张做致。这会是一折什么戏呢？《凤求凰》？不对，应该是《凰求凤》，也不对，用凤凰来比喻，实在太美化了他们。那是什么呢？她甚至想请教汤亥生了，汤亥生的书读得比她多，当初他们一起偷看人家的院子，汤亥生说，他们是看《东京梦华录》和《清明上河图》。那现在呢，是看什么？如果汤亥生明白了米红蚕食他野心的话，会不会说在看《战国策》？或者，在看《三国志》？米青原来以为米红在她这儿是待不长的，米红的德行，米青知道。那样娇生惯养的千金小姐，一向是别人侍候的，现在让她反过来侍候人，尤其侍候米青，她能心甘情愿？不出三五天，最长半个月吧，一定就撂挑子了！米青有把握，正因为有把握，当初才没有斩钉截铁地拒绝朱凤珍。她等着米红自己走呢。到时朱凤珍就怨不着她。米青在朱凤珍的眼里，虽然是个书呆子，可书呆子也有书呆子的诡谲。但半个月过去了，米红没撂挑子，半年多过去了，米红也没撂挑子。这有些蹊跷了。这蹊跷和汤亥生有关。汤亥生的温文尔雅，肯定让米红产生错觉了，恍惚间，把米青的家，当成了她的家，把妹夫汤亥生，当成自己的老公了。所以，她成刘禅了，此间乐，不思蜀！

如果那样，米青还真有点担心。

可米青杞人忧天了。

米汤生出生后第五天，米红就回辛夷了。

这实在突兀，也夸张，至少应该等到米青出月子。这么仓促地走，难道发生什么事了吗？

问汤亥生。汤亥生的脸黑压压的，不理她。

不黑才怪，米红中途这么一撒手，把汤亥生害苦了。汤亥生手忙脚乱，医院家里菜市场马不停蹄地跑，还要上课，亏得有姚老太太发扬人道精神，在小保姆——也就是汤亥生表姨婆的孙女小灯来之前，一直帮忙照顾米青和米汤生。

本来汤亥生要自己的母亲过来，但母亲走不开，她要在家照顾辰生的两个小子呢，而米汤生是丫头，一个丫头片子。不过，她让小灯捎来了黑芝麻、红榨糖、老母鸡、尿垫子，还有一大包干艾叶，给米青净身驱邪。在汤亥生的老家，妇人生产后，都要用干艾叶烧开水熏一熏腌臜身子，再在床头挂一束干艾叶，驱赶那些来投胎转世却没赶上趟的小鬼，小鬼们心有不甘，还等在房间里不走呢。小灯把婆婆的话一转述，米青乐得不行。这简直是《聊斋》嘛，假如婆婆有文化，也可以学蒲松龄呢，写一个投胎鬼故事。米青嬉皮笑脸的，调侃汤亥生，汤亥生不理她，用红毛绳把干艾叶绑了，挂到家门口。

小灯才十六岁，根本不会照顾产妇，烧鲫鱼豆腐汤，不刮鱼鳞，不刮鱼鳞也就罢了，还放上几个干红辣椒。小灯烧什么菜都要放干红辣椒，有一次煮芝麻汤圆，都放干辣椒了。米青受不了，让汤亥生在边上守着，也没用，汤亥生反应迟钝，还走神，而小灯手脚伶俐得很，总是汤亥生的话还没出口，她的辣椒就下锅了。

这种烹饪风格莫说产妇米青的肠胃受不了，就是汤亥生的肠胃，如今也受不了啦。

汤亥生只好把干辣椒收进橱子里。操作台上没有了辣椒，看小灯还怎么放？

没有了干辣椒放，小灯不会做菜。汤亥生到姚老太太那儿，给小灯借了几本烹饪书，小灯虽然初中没毕业，但看懂图文并茂的烹饪书，还是没问题。

加上姚老太太的调教，小灯进步很快，不用半个月，就能做出基本合乎要求的饭菜了——是基本合乎米青和汤亥生的要求，离姚老太太的标准，还差得远。

上架建议：文学·小说

ISBN 978-7-5171-4171-6

微信公众号　　官　　网

9 787517 141716 >

定价：68.00元